轉生 黑幕 1

～以進化魔劍和遊戲知識傲視群倫～

Reincarnated as the Mastermind of the Story

結城涼 插畫 なかむら

Kadokawa Fantastic Novels

「聽好，要是我贏了，就把理由告訴我。
還有，我會要你來克勞賽爾，做好心理準備吧。」

莉希亞·克勞賽爾

統治連所住村子附近大都市克勞賽爾的男爵家千金，
品德高尚的天才少女。勤奮不懈，好勝心強。

「順帶一問，要是我贏了會怎樣？」
「到時候——我就改天再來這個村子！」
連・艾希頓
熱門遊戲「七英雄傳說」的角色，
由大學生椎名蓮轉生而成。
努力、勤勉且勇敢，十分可靠的少年。

CONTENTS

Reincarnated as the Mastermind of the Story

轉生為故事的黑幕

～以進化魔劍和遊戲知識傲視群倫～

Reincarnated as the Mastermind of the Story

1

結城涼

插畫 なかむら

Kadokawa Fantastic Novels

序幕

小說、遊戲、漫畫、動畫都一樣。
世間諸多故事，皆由各式各樣的登場人物構成。
好比說女主角和友人，如果舞台在學校那麼教師們也會登場，故事愈多，登場人物就愈多。
另一方面，無論怎樣的故事都有個共通之處，那就是名為「主角」的存在。
沉浸在故事裡的人，對於主角懷有種種想法並不稀奇。
好比說，如果這個故事是奇幻，那麼看見長於劍和魔法的主角英姿煥發後心生嚮往，也沒什麼好奇怪的。假如主角身邊有充滿魅力的女主角，也可能會感到羨慕。

但是，千萬不能忘記。
所謂具有魅力的登場人物，並不限於主角群。
覺得身懷絕對性力量的敵方角色很有魅力，並不是不可能。
畢竟帶有神祕色彩又強大的存在，足以令人留下深刻的印象。

——好比說，就像他正在玩的遊戲。

『告訴我。被人們稱為英雄的你們，真的有那個價值嗎？』

隔著螢幕所見的世界裡。

處處都是崩塌房屋的城鎮廢墟之中，一名少年坐在本是房屋的瓦礫上說道。

遭受質疑的對象，正是這個故事的主角。他是昔日打倒魔王的勇者後裔，身邊多位同伴相隨。

但是，沒有一個同伴給出答案。

主角獨自挺身向前，面對依然坐在瓦礫上的少年。

『我們絕不會輸！不能輸！』

得到答覆的少年將手伸向插在地上的劍，靜靜起身。

那把劍輕輕一掃，造成的壓力便將走向前的主角彈飛。他一再挺身面對，結果始終沒有改變。

『你們好像絕望了呢。看來是知道所有人都賭上性命依舊敵不過我，所以內心開始求神了。』

少年是在攻擊、防禦，以及魔法——各方面都優秀到不合理的強者，所有手段都拿他沒轍。

持續面對如此強敵，終於耗盡了主角的體力。

他仆倒於地，在意識模糊的狀態下聽到少年的聲音。

『我還真羨慕你們。羨慕你們不知道世界的真相，羨慕你們可以弱小。』

於是，少年離開了現場。他沒奪走任何人的性命，只在離開時留下意味深長的這幾句話。

渾身上下都散發出那種在暗處活躍的強者氣息。

「……好強。」

一直盯著電視機的青年不由得將手把放到地板上，就這樣隔著螢幕看著少年的背影遠去。看見這麼輕鬆寫意的戰鬥、看見少年把主角群當小孩子耍的模樣，不禁令人興奮地想——這人到底有多強？

把身軀交給這股情緒擺布後，青年的嘴唇動了。

無比強大的身影烙印在眼中揮之不去，使得他如此呢喃。

「如果我——」

如果我是那個少年，這一生又會怎麼活呢——

一章　轉生為絕對強者

熱愛劍與魔法的世界。
從小只玩奇幻背景的遊戲，小說看的也都是奇幻類。
若是為了享受奇幻世界的故事，有自信能連續熬夜好幾天。

——椎名蓮，就是這樣的青年。

當然，他的生活也不是只有電玩遊戲。
他是一個平常要去大學上課的四年級學生，最近為了找工作而忙得不可開交。除此之外，為了讓電玩生活充實的每週四天打工也沒擱下。
這樣的蓮，為了期待的新遊戲而騰出某個週末的三天。

他在日期變為週五的同時下載遊戲，不眠不休地玩了約兩天。
最後那一天的傍晚，蓮在電視機前歡呼。
「看到結局啦——！」

他玩的是角色扮演遊戲。
所以他並沒有和別人競爭，但是趁著這股連小睡片刻都沒有，一直玩到現在所帶來的興奮尚未熄滅時，把結局畫面的一部分貼上社群網路，感覺真的很好。
貼文時避免洩漏劇情，則是身為玩家的素養。
「該不會，我是全世界最快的？」
就像要回答這句話似的，工作人員名單後浮出一段文字。
『系統：恭喜通關。要將通關時間記錄到伺服器嗎？是／否』
蓮嘴上說著：「當然！」手裡按下「是」，很快地畫面上就浮現新的系統訊息。
多出一行文字，在證明猜測的同時也讓他為之雀躍。
『系統：通關排行榜第一名報酬，獲得特別下載內容。要下載嗎？是／否』
「特別……當然要啊！」
再度按下「是」之後，畫面角落便出現1%……2%……的下載進度。
雖然不曉得特別下載內容會是什麼，不過訊息寫著是排行榜第一的報酬。換句話說，可以取得別人拿不到的資料。
身為玩家，不可能不對這種事感到興奮。甚至會有股優越感。
「……先冷靜一下吧。」
蓮背靠沙發，要讓狂跳的心臟平靜下來。
等待下載時閒著也是閒著，所以他拿起智慧型手機，打開剛剛破關這款遊戲的官方網站。

「七英雄傳說」。

開發者宣稱總共有三部的奇幻ＲＰＧ。

故事發生於人稱七英雄的七個人討伐魔王數百年後的世界，是七英雄子孫歷經種種苦難逐漸成長的校園類作品。除了有分量龐大的支線故事，還能和喜歡的女主角結為伴侶，是一款風靡全世界的遊戲。

故事主角是個父母皆為平民的鄉下少年。

他尚未成年就覺醒了隱藏的力量，因此進入位於帝都的帝國第一學府就讀。

主角在那裡遇上據說擁有七英雄血統的六名男女，一夥人努力阻止企圖讓魔王復活的反派，故事就此不斷發展下去。在一代結局裡，大家才發現主角身負原以為早就斷絕的最後一位七英雄的血統——

蓮方才通關的，則是續作二代。

「二代也超棒的。」

和主軸放在校園生活和主角群成長的一代不同，二代裡發生了前所未見的巨大騷動。

『——真可笑。所謂的英雄後裔，居然連我都攔不住。』

這句話，出自二代裡那個讓蓮不禁放下手把的少年。

這個少年是主角一行人的同學，屬於朋友角色。他殺害人稱聖女的少女，以及被譽為世上最優秀魔法師的學院長。

『你們應該已經明白，現在的你們就算賭上性命也碰不到我。』

他輕而易舉地放倒前來質問他為何行凶的主角一行人，並且在留下這句話之後消失無蹤。

接下來，帝國發生各式各樣的案件。

這位朋友會出現在騷動現場說出意味深長的台詞，也會和主角群交手。

但是別說目的了，就連他和那些企圖讓魔王復活的人有何關係都沒交代，故事就已迎接結局。

最後皇帝下令討伐那位朋友，後續留到三代。

——光是回想劇情，就已讓蓮無比期待。

到頭來他依舊無法平靜，放下手機拿起手把。

那個所謂的特別下載內容還沒下載完畢，所以蓮讓遊戲回到標題畫面，轉換一下心情。

「……反正沒事，一邊找**隱藏技能**一邊等吧。」

技能是這款遊戲供人鑽研的要素之一。

除了第二輪開始可以把主角的技能名稱改為日語之外，還可以將最多達三個的既存技能組合起來，製作原創技能。

只不過，為了避免遊戲平衡崩潰做了些調整。

特別是那些僅供特殊人物使用的**稀有技能**，不能用到它們的名稱或效果。

相對地，可以用特定的技能組合成隱藏技能，算是樂趣之一。

……在那之後，蓮花了數十分鐘尋找隱藏技能。

只不過他試了幾十種、幾百種搭配，都沒有成果。

所謂隱藏技能，是指將特定技能組合在一起就會自動填入名稱的機制。因此，照理說一看就知道……

「不行啊，找不到。」

蓮精疲力盡地拿起手機，連上社群網路看看有沒有其他已經破關的人。

網路上有幾段令人在意的文字。

「那傢伙一定是三代的魔王角色。」

「黑幕就是他。想讓魔王復活的也是他（我覺得）。」

「最後那一幕感覺很像戰隊裡的黑色。老實說，真的很帥。」

能夠零星看見一些已經玩到二代結局的人。

其中好幾個是蓮在社群網路上交流過的玩家，蓮心想若是他們應該無妨，於是傳了訊息過去。

「有隱藏技能嗎——就這樣問吧。」
不到一分鐘就收到了回應。
很遺憾，目前好像還沒有人找到隱藏技能，這讓蓮有點失望。不過，也堅定了他一定要找到的決心。
蓮點了眼藥水，重新打起精神，此時卻看見下載進度寫著百分之九十九。
「啊，終於好了嗎？」
就在蓮嘀咕的同時，特別下載內容的進度達到百分之百。
下載完畢！這條訊息只顯示了數秒便消失。
蓮很沮喪。
自己原先那麼期待，現在卻看不見任何差別，這讓蓮懷疑是ＢＵＧ。他重重地嘆了口氣，繼續尋找隱藏技能。

然後——
又過了數十分鐘，他偶然地找到了隱藏技能。
「**魔劍召喚**？」
用來組合的技能是劍士、黑魔法，以及召喚師。
感到驚訝的蓮，歪著頭嘀咕。
這個組合只是把常用技能放在一起，已經試過好幾次。

至於他為什麼會試同樣的組合，單純是因為弄錯。

嘗試數百種組合時，總會有幾次不小心輸入相同的組合。僅此而已。

不過蓮露出了笑容。

發現隱藏技能令人開心，於是他按下確定——

『系統：魔劍召喚為稀有技能，普通模式無法使用。』

蓮垂下頭，額頭重重撞在桌上。

開什麼玩笑——蓮很想大聲地抱怨兩句，但他立刻發現不對，看向畫面。

「普通模式無法使用……這是什麼意思啊……」

仔細一想，先前根本沒見過這種訊息。

選到稀有技能時，也只會拿這個當理由說不行。

對此十分在意的蓮試著更改遊戲難度，也只顯示相同的訊息。

他疑惑地看向魔劍召喚的說明欄。

「——可以召喚魔劍。可以使用魔石提升熟練度，藉此提升魔劍的能力。此外，可藉由達成特殊條件增加魔劍種類。」

魔石就是指某種出現在遊戲內諸多魔物體內的石頭。這類物品用途不止一種，但幾乎都是拿來換錢。

這麼說來，他也不記得有哪個角色會使用這種技能。

皺眉思索數分鐘後，蓮發現畫面角落有文字閃爍。

『系統：要以技能——魔劍召喚開始特別的故事嗎？是／否』

蓮有些疑惑，不過在想起特別下載內容之後就選了「是」。

「……咦？」

瞬間，眼前一片白光，蓮的意識逐漸模糊。

倒在沙發上的同時，他完全失去了意識。

◇◇◇◇

回過神時，只知道自己泡在溫熱的水裡。

蓮想睜開眼睛確認周遭情況，卻發現不管怎麼努力都做不到。不僅無法睜眼，全身上下也無法隨心所欲地活動。

「少爺很有活力呢，夫人也這麼想吧？」

一位年長女性的聲音傳入蓮的耳裡。

「是啊。太好了，看起來他可以健康長大，這樣我就放心啦。」

緊接著，有個還算年輕的聲音響起。話音裡帶有若干疲憊。

（這是怎樣啊？）

蓮在心裡表示疑惑，同時試著專注在視覺以外的感官上。

以夢境來說，感受到的未免太過現實，讓蓮實在無法將它當成一場夢。不過，原本已經是成年人的自己成為嬰兒，這種非現實的狀況也讓他難以理解。

此時，某個他覺得很蠢的念頭閃過腦海。

（特別下載內容……開始特別的故事……）

眼前這種無法用「作夢」一語帶過的狀況，使得蓮有了個誇張的想法。

（我轉生了嗎？）

蓮對於奇幻作品了解頗深，腦中立刻浮現這種猜測。

先不管能否接受，此刻他盡力驅策視覺以外的五感，而感官似乎都在說他的猜測是現實。

（……原來如此。）

蓮在心裡嘀咕，試圖保持冷靜。

接著，羞恥感湧上心頭。

有夠厲害。還真是特別的下載內容、特別的故事。

一想到自己現在是個光溜溜的嬰兒，而且人家正在用熱水幫他洗澡，就覺得事情實在有夠誇張。

話雖如此，但是問題在於他目前若想活動，頂多只能擺動手腳。

（雖然很想多了解一下現在的狀況……）

的事了。

發現自己比想像還要冷靜，讓蓮相當驚訝。

不過，或許是因為太不現實的現象發生在現實中，身體又無法自由活動，導致他放棄去想別的事了。

（希望至少能聽到自己的名字。）

蓮祈禱似的晃動身體。

年長女性就像要回應他的祈禱一般，開口詢問年輕女性。

「夫人。話說回來，少爺的名字……」

「當然想好嘍。」

「那就好……好啦夫人，差不多可以了，請您抱著少爺，用名字喊喊他吧。」

蓮感覺到自己的身體被柔軟的布包住，然後被抱了起來。

不過，很快就有股暖意裹住他。蓮心想，自己應該是被聲音比較年輕的女性抱在懷裡，於是靜靜等待對方說出他的名字。

「這孩子的名字叫——」

蓮暫時放棄弄清現況，決定先了解自己是哪個角色。

想必是七英雄傳說裡的重要人物。畢竟他是用隱藏技能開始特別的故事，所以不會有錯。

「**連**。這孩子叫連・艾希頓。」

蓮聽到這名字後愣住了。

『──真可笑。所謂的英雄後裔，居然連我都攔不住。』

一個人就能擺平主角群的壓倒性戰力。帶有神祕氣息的魅力。略偏中性卻英氣勃發的容貌。

既是主角的朋友，也是在七英雄傳說二代裡引發騷動的首謀。

──連・艾希頓。

他疑似知曉故事核心，是七英雄傳說裡的絕對強者。

這個角色不僅帶給眾多玩家衝擊，名字的唸法又和蓮一樣，因此格外讓蓮感到親切、嚮往。

蓮也曾想過，如果自己是連會怎麼活。

（突然轉生，還轉生成這麼難搞的角色，到底要怎麼辦啊──）

但是，蓮從沒想過會真的發生這種事，此刻腦袋跟不上的他只覺得困惑。

二章　稀有技能

即使過了一天、過了一週，還是沒人能回答蓮的疑問。

蓮發現自己已經能睜開眼睛，但就算能親眼確認，他也只知道身在一個會漏風的老舊房間，還有自己是個嬰兒。

——這樣的生活過了半年多。

（不用懷疑了。我已經轉生到七英雄傳說一代的世界，成了連・艾希頓。）

此外，最近他甚至覺得自己開始有了身為「連」而非「蓮」的自我意識。

剛以「連」的身分誕生時，他還會想回歸原來的世界，但是這幾週已經不再有那種念頭。

（和平地活下去吧。我可不要被皇帝下令討伐。）

假如自己真的是那個連・艾希頓，也只要走和遊戲裡不一樣的路就好。

一定要活得善良、正直，踏上坦蕩的人生路——就在他下定決心時，一名女性打開房門看向連。

「唉呀呀，在等媽媽是嗎？」

她的名字叫米蕾優，是連的母親。

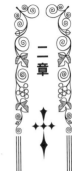

米蕾優五官端正，特色是那頭和連一樣接近黑色的茶色秀髮。

根據連這半年來所得的情報，她應該剛滿二十一歲。

「來，吃飯嘍～」

說完，米蕾優抱起連，並且拉開自己的衣服。

實際上，連在剛出生沒多久時還會排斥讓人家餵母乳。畢竟對方和過去的自己年紀相近，而且是人妻。

（唉……反正到頭來也沒冒出什麼邪念就是了。）

想來是出於本能吧。

知道自己是這位叫米蕾優的女性所生，因此不會產生那種感情。

所以連今天和平常一樣順從食慾，並在得到滿足後停下來休息。由於沒辦法將謝意說出口，因此他以滿面笑容對米蕾優表達感謝。

於是，米蕾優對連回以微笑，然後離開房間。

（好閒。）

這麼一來，就有了很多空閒時間。

嬰兒的身體頂多只能在床上稍微活動一下，沒辦法做什麼有意義的事。

這段時間對於連來說十分痛苦。

保有明確的意識，讓他倍感無聊。

（有沒有什麼事能做……）

連開始思索。

他有了「今天又得無所事事地度過了吧——」的心理準備，然而就在十幾分鐘後。

閃過腦海的「魔劍召喚」這幾個字，讓他有了截然不同的想法。

（先前一直覺得很危險所以沒試，差不多該試試看了吧。）

連剛降生到這個世界時，就有想過要使用魔劍召喚。

但是，如果召喚的魔劍出現在半空中，然後砸在自己腦袋上——一想到這裡就讓連覺得很危險，於是他決定等到身體稍微長大一點。

儘管連還是嬰兒，但他現在已經能自己起身，爬行也輕而易舉。

所以，他有了試試看的念頭。

（——不過……）

問題在於該怎麼召喚。

玩七英雄傳說時，按下特定按鈕就能開啟選單畫面，可以在選單裡對團隊成員使用道具，也可以回復魔力和體力，然而現實中根本沒有按鈕這種東西。

就算腦袋裡想著「開啟狀態欄（Status Open）」之類的**咒語**，也沒有任何反應。

「……啊吧～」

小嬰兒連垂下頭，在心裡「魔劍召喚、魔劍召喚、魔劍召喚」地不斷呢喃。

他持續默唸，既像禱告又像詛咒，不知不覺——

「啊嗚！」

一個手環從空中掉到連的腿上。

它是個精美的銀製工藝品，上頭嵌著一顆不小的水晶球，尺寸對於還是嬰兒的連來說恰到好處。

（這什麼玩意兒啊——？不、不對！水晶球映出來的是——）

掉下來的不是魔劍讓連十分沮喪，然而他把手環拿起來打量之後，發現水晶球裡頭浮現文字，不由得瞪大了眼睛。

水晶球裡浮現的文字，就類似所謂的狀態畫面。

但是，和遊戲時代不一樣，不僅沒有自己的等級，也沒有體力、魔力、攻擊力等欄位。

畢竟那些東西說穿了是要用簡單易懂的方式讓玩家明白自身強度，沒有數值化或許才是應該的。

（魔劍召喚術……附屬於魔劍召喚的技能嗎？）

七英雄傳說裡也有類似的東西。

好比說，選擇叫做「護衛（Guardian）」的強力職業時，一開始就會劍術和白魔法。

（……印象中，魔劍本來好像是用魔石提升熟練度。）

另一方面，魔劍召喚術則是透過使用召喚的魔劍取得熟練度。

等級後面的０／１００應該就是熟練度吧。

不過，魔劍召喚本身好像不會因為升級產生變化。

（還有，如果達成特定條件，就能讓魔劍增加。）

初期狀態能使用的魔劍只有木魔劍，能解放的也只有鐵魔劍。

不過，寫在木魔劍上面的效果，吸引了連的目光。

（我記得，自然魔法好像是可以製造植物協助戰鬥的技能。）

連突然想到，七英雄傳說登場的敵人之中，就有自然魔法的使用者。

那個敵人，是和主角群在森林裡交手的**精靈**。這名精靈戰鬥時除了倚靠自己的身體之外，還會用自然魔法製造植物困住主角群，甚至會**用別的魔法驅策魔物**，很難應付。

（雖然那傢伙的自然魔法很強……但是我這邊的自然魔法加了個「小」，這點令人在意。）

把魔劍效果當成比較弱的自然魔法應該會比較保險。

（如果是這樣，我會想試試看。身在一個有魔物的世界，要是沒有戰鬥能力，根本沒辦法過和平日子。）

連想到這裡，便在心中不斷默唸木魔劍……木魔劍……但是沒有任何異狀。

垂頭喪氣的他突然想到某種可能，於是看向眼前的手環。

魔劍召喚說不定必須戴上這個手環才能發動。連試著把右手靠過去，結果手環自己戴上去了。

連在驚訝的同時，心裡默唸：「木魔劍……」於是半空中出現一道裂縫。

[NAME]

連・艾希頓

［職業］艾希頓家　長男

【技能】

■魔劍召喚　Lv.1　0／0

■魔劍召喚術　Lv.1　0／100

透過使用召喚出來的魔劍獲得熟練度

等級 1：可以召喚「一把」魔劍。

等級 2：手環召喚期間，得到「身體能力ＵＰ(小)」的效果。

等級 3：＊＊＊＊＊＊＊＊＊＊＊＊＊＊＊＊＊＊＊＊＊＊。

【已習得魔劍】

■木魔劍　Lv.1　0／100

可以進行相當於自然魔法（小）的攻擊。

攻擊範圍會隨著等級上升擴大。

■鐵魔劍

（解放條件：魔劍召喚術等級 2、木魔劍等級 2）

一把木製的劍從裂縫中緩緩現身，彷彿被人從劍鞘裡拔出來一般。

木魔劍「啵」一聲掉在簡陋的嬰兒床上。

（好小……）

原本喜出望外的連，笑容蒙上一層陰影。

實際上也是理所當然，木魔劍號稱魔劍卻是木頭做的，而且它的長度要叫短劍都嫌不夠，看上去頂多和普通菜刀一樣長。

（畢、畢竟還沒有升級……而且好歹能使用自然魔法……）

連儘管有所不滿，依舊拿起了木魔劍。

話又說回來，總覺得身體有點重、頭也有點痛，不過應該是錯覺……這麼想的連，把力量集中在手上，挪動手臂試圖揮劍——就在這時。

（嗚啊……啊……）

原本以為是錯覺的頭痛愈來愈嚴重。不斷來襲的痛楚，三兩下就讓還是嬰兒的連暈了過去。

他戴著的手環，則在不知不覺間消失。

◇◇◇◇

連因為頭痛而失去意識後，又過了數週。

從床上往窗外望去，能看見種在外面的樹已經開始掉葉子了。

連嘗試「魔劍召喚」是在出生後半年，現在該是出生後七個月到八個月。

倒過來推算可知，他的生日應該是在四月左右。

連日漸成長，就在某一天——

（我明白了。）

連拿著召喚出來的木魔劍，心滿意足地笑了。

其實，打從他試過「魔劍召喚」之後，除了初次召喚的隔天，他每天都會召喚木魔劍。而那天之所以沒召喚，是因為害怕頭痛所以刻意迴避。

無法徹底死心的連再度嘗試後，發現第二次召喚沒有第一次那麼難受。

第三次、第四次這樣反覆下來，連發現頭痛和身體沉重的問題大為緩和，遠不如先前那麼嚴重。

（第一次是因為魔力枯竭的關係嗎？）

在七英雄傳說裡，角色一旦魔力枯竭，能力就會暫時降低。

連認為自己當初是處於這種狀況。

（想必這個世界和遊戲不一樣，人物能力沒有等級的概念。要不然無法解釋我的成長。）

像是體力、攻擊力，都與等級無關。

體力會隨著身體成長，只不過幅度因人而異，再不然就是像連這樣，把魔力消耗到極限讓它成長。應該不出這兩種。

力氣之類的多半也一樣。換句話說就是要人好好努力。

（不過，這麼一來計畫就出現破綻了。）

如果這個世界和七英雄傳說完全一樣，連就能用高效率的方式升級。

原本以為能用這種方式輕鬆地過和平日子，看來似乎不行。

必須乖乖努力——就在連深深嘆了一口氣時。

「連～？你醒了嗎～？」

房間的門開了，一個體格壯碩的男子來到連身旁。

連趕緊在手環和魔劍被看到之前默唸「消失」，讓它們消失得無影無蹤。

這一招也是他最近才學會的。

「喔，又在看外面啊？那麼，就讓爸爸幫你縮短一點距離吧！」

一如這名男子所說的，他正是連的父親。

他叫羅伊·艾希頓，和米蕾優同齡，還很年輕。

羅伊的五官稜角分明，和米蕾優十分登對。

被抱在懷裡的連，抬頭看向自己的父親，羅伊露出爽朗的笑容說道：

「看看外面吧。我們這個無名村落，今天也有好好地邊境喔！」

把邊境當動詞用的羅伊打開窗戶，帶有些許寒意的風掠過他的金色短髮。

（嗯，今天也邊境。）

連・艾希頓的故鄉是一個人口不滿百人的小村子，鄉下中的鄉下，七英雄傳說裡並未提到這點。

一間間樸實無華的屋子，散落在窗外那片遼闊的田園之中。

「看到了嗎?那邊是森林喔。」

羅伊所指的方向，有一片蒼鬱茂密的森林。那片森林乍看之下平凡無奇，卻有一塊存在感強烈的岩石聳立其中。

「喔?」

看見連指向那塊岩石，羅伊開口解釋。

「那塊岩石叫**劍岩**，和你看到的一樣，它尖尖的就像一把劍。進森林之後走上一個半小時就到嘍。」

看起來有十幾層樓那麼高。

連望著劍岩，一陣有點強的風撫過他的臉頰。

「不過，你要記住。田地後面那片森林，絕對不可以去。這一帶的魔物很弱，但是一看見你就會撲上來喔。」

羅伊這麼叮嚀完之後，便提到了某個讓連感興趣的詞。

「不過嘛，也是因為牠們弱，這個村子才撐得下去。畢竟打倒魔物就有肉吃，又可以把魔石之類的東西賣了換錢。所以只靠我一個人也還過得去。」

（對喔!魔石!）

除了反覆使用魔劍召喚讓魔力成長之外，也還有別的事能做嘛。

沒錯，必須用魔石提升熟練度。

（不曉得能不能看到魔石……）

連才剛冒出這個念頭，羅伊就來了一句「我們到外面散步吧」，然後抱著連走出房間。

連第一次見到自己房間以外的自家，看上去和他的房間差不多破。

走廊地板用的深褐色木材處處褪色，顯得十分老舊。如果有點擺飾或許能讓人改觀，然而他沒見到任何家具。

「唔唔……這間屋子也差不多該翻修了呢……」

地板突然發出很大的聲響，羅伊苦笑著開口。

「**這間和騎士爵一起從老爸那裡繼承下來的屋子**，也差不多到極限了嗎？唉，翻修等村子有錢再考慮吧——連，這件事你也要好好記住喔。窮騎士沒有閒錢。」

正如羅伊所說，艾希頓家是負責管理這個邊境村落的家族。連原本以為騎士爵僅限一代，但這個世界——不，這個國家似乎不一樣。

（不過爸爸，這些話不該說給嬰兒聽啦。）

一會兒後羅伊停下腳步，打開面前的門。

「米蕾優，我帶連過來嘍！」

門後是廚房。

他們家是舊式廚房，一半以上是沒鋪地板的土間（註：可以穿室外鞋走動的區域），還有一道通往屋外的門。

「親、親愛的？你突然把連帶過來做什麼啊？」

米蕾優站在石造水槽和煤灰痕跡明顯的小爐灶旁邊。

「沒有啦，因為連似乎想看魔石——」

「哪有可能啊！真是的！」

連在心裡說「是真的」。

認定這是謊言的米蕾優嘆了口氣，然後用訝異的眼神看著走向自己的羅伊。

「唉……畢竟你這人滿腦子都是劍，三天兩頭打魔物，又喜歡收集魔石，所以才會亂想啦。」

「確、確認一下就知道我有沒有亂想啦！好啦！把我今天早上打獵得來的魔石拿過來！」

「好好好，反正已經清理完畢了，隨你高興。」

聽到這句話，羅伊把連交給米蕾優，走向廚房角落。

那裡有堆還帶著泥土的毛皮，毛皮上面擺了塊半透明的石頭。

（那是**小野豬**的毛皮嗎？）

那是七英雄傳說裡主角最早碰上的魔物。外表與現實的野豬非常相似。

「連，爸爸就是靠討伐魔物賺錢，獵到的肉則會和村裡的大家分享，所以媽媽也很尊敬爸爸喔……但是，連不可以當一個只顧劍和魔石的男孩子，懂嗎？」

連無法承諾。
於是他回以乾笑，但米蕾優看了還是很高興。
此時羅伊得意洋洋地走回來，手裡拿著方才連看到的半透明石頭。
「來吧，連，這就是魔石喔。」
羅伊把魔石塞到連手裡。從近處仔細打量，可以發現魔石裡頭混了些許綠色，如果好好打磨應該會變得像寶石一樣漂亮。
連看著捧在手裡的魔石，露出前所未見的燦爛笑容。
剛剛還用「哪有可能」質疑羅伊的米蕾優，看見這一幕後相當驚訝，同時也輕輕嘆了口氣。
「沒想到不止丈夫，連兒子也愛魔石。」
米蕾優無奈地笑了。

◇◇◇◇

——不久之後，連被羅伊帶回房間。
羅伊把剛剛那塊魔石塞給他當玩具。一想到終於能獲得熟練度，就讓連藏不住臉上的笑意。
他開心地召喚手環。
（……嗯？）
然而，什麼事都沒發生。

即使過了數十秒、數分鐘，狀況依舊沒有改變，連忍不住看向手環。

上面浮現了「這顆魔石無法使用」這幾個字。

（該不會……）

要使用的魔石必須來自親手打倒的魔物，不然就是要特定魔石。他腦中浮現這兩種可能。

不過，感覺後者應該是取得新魔劍的條件。儘管這也只是連的猜測，不過他認為熟練度取得條件應該是前者。

（……原來如此啊。）

要是任何魔石都行，等於可以花錢買熟練度。

既然設計成不能這麼做，那就只能自己討伐魔物。

（這個世界還真不肯讓人輕鬆啊……）

發現這件事之後，連不高興地倒回床上。

他仰望天花板，臉上充滿了前所未見的哀傷。

三章 初次升級

連是騎士的兒子，但還是得過一段時間才能開始練劍。

理由在於父母要等他的身體長大。父親羅伊小時候有逞強卻受了重傷的經驗，因此想避免舊事重演。

等到連滿七歲又過了幾天，羅伊才問「要不要試著揮劍啊」。

「訓練從下午開始。倉庫裡有很多訓練用的木劍，你去選一把喜歡的。」

吃完早飯，羅伊這麼表示，然後背起長劍走出家門。

雖說羅伊好歹也是個騎士，不過他頂多就是每年向男爵報告幾次而已，平常是以狩獵魔物維生。

（可以兼顧村子的安全和收入，一舉兩得。）

以前米蕾優也提過，羅伊狩獵魔物有助於增加這個窮村子的收入。

如果只靠農業，艾希頓家和這個村子恐怕都撐不下去。

「連，你呢？今天也要去書庫嗎？」

「我是這麼想的……所以，我吃飽了。我要去書庫嘍。」

比羅伊慢了一步才吃完早飯的連，向母親表達感謝之後便離開現場。

「那麼……」

連來到書庫門前，打開老舊的門走進去。

艾希頓家的書庫實在算不上寬敞，要是裡頭擺三張單人床，其他東西就放不進去了。

家具只有一個靠牆的書櫃，還有窗邊的桌子。

連滿三歲之後就天天跑書庫，坐在桌前看書甚至可以說是例行公事。

「今天要讀什麼呢？」

桌上擺著連這些年用來學習讀寫文字的書。

儘管口說不成問題，但是連一開始並不認識這個世界的文字。因此，讀寫部分是由米蕾優教導，連能夠自力閱讀差不多是一年前的事。

他在回想這些的同時，打開了其中一本書。

這是一本關於地理的書，書中內容和遊戲時代所見沒什麼兩樣。連趁著吃飽飯的空檔開始看。

第一頁談到這個世界上的大陸。

最先提及的，則是連所在國家的大陸。

這塊大陸叫艾爾芬，冠上主神艾爾芬之名的大陸。

除了少部分區域之外土地普遍肥沃，還有豐富的礦產資源與海產資源，因此被稱為「受到主神祝福的大陸」，可說是世界的中心。

不過，雖說受到祝福，但在這塊大陸的漫長歷史中，有人類的紛爭，也有魔王帶領魔物造成的損害。因此，絕大多數的國家不是被他國吸收就是滅亡。

——然而，連的祖國是個例外。

這個國家，正是七英雄傳說的舞台，雷歐梅爾帝國。艾爾芬大陸西方霸主。

自從人稱獅子王的始祖千年前建國以來，雷歐梅爾在諸多戰爭之中未嘗一敗，軍事力量遠非其他國家能比，如今根本沒有國家敢對雷歐梅爾發動戰爭。

再加上一群合稱七英雄的雷歐梅爾人討伐了魔王，因此許多國家認為雷歐梅爾對自己有恩，不容許任何人向雷歐梅爾動武。

「話又說回來，邊境啊……」

連將目光從世界地圖上挪開，**看向另一張老舊的地圖**。

上面有領內情報、相鄰領地的情報，連所居住的村子也包含在內。除此之外，也記載了村子所在領地的名稱，以及領主一族的家名。

這些名稱在遊戲時代聽都沒聽過，看得出來相當偏僻。

這一帶和帝都的距離遠到坐馬車得花上兩個多月，就算只是前往領主男爵所住的都市，騎馬也需要十天左右。

重新確認這些情報後，坐在椅子上的連伸了個懶腰。
「差不多該用功啦。」
已經休息夠了。
連輕拍臉頰後翻開手邊的書本，但是今天和往常不一樣，難以專心。
他心知肚明。自己太期待下午的訓練，所以完全無心念書。
「……這樣不行啊。」
儘管他一再試著集中精神，結果依然沒有改變。
連認命地站起身，走向訓練用裝備所在的倉庫。

◇◇◇◇

下午回到家，羅伊先把剛獵到的魔物擺在廚房的地上，然後才到庭院找連。
「聽說你今天也在書庫用功？」
「是。早上我在認識周圍的地理，地圖上還寫著領主大人的家名。」
「已經學到那裡啦？我能教你的東西，好像真的只剩下劍——話說回來，我們家有那種木劍嗎？」
羅伊眼前是手握木魔劍的連。
「這把不行嗎？」

「呃，這倒是無妨。我只是很驚訝，居然有一把那麼小的。」
連去倉庫時，有看到好幾把木劍。
其中也有長度和木魔劍相當的，他心想既然如此應該沒問題，於是光明正大地拿出木魔劍。
儘管他同時也戴著手環，不過訓練時要穿上皮製防具，所以不會被羅伊看到。此外，召喚出來的手環和魔劍，尺寸會隨連的成長而改變，戴起來並不會覺得哪裡不對勁。
（保險起見，還是該把手環藏起來。）
雖說魔劍召喚沒有非得隱瞞不可的理由，不過考慮到遊戲時代那個連・艾希頓的行為舉止，讓他不太想暴露這項技能。
「然後訓練呢，總之你打過來就對了。」
「——欸？」
羅伊突然冒出這句話，讓連當場愣住。
「雖說艾希頓家是騎士家族，不過在這種邊境長大的我，根本沒向人學過劍。我老爸也是用同樣的方式教我喔。」
講得好聽一點可以算是實戰主義吧。
雖然連也不知道劍該怎麼學才對，不過既然羅伊是這樣練起來的，就不能說這種教法有錯。
「好啦，儘管來吧。」
意外的是，連的內心還是一樣亢奮。
他自然而然地把木魔劍握得更緊，然後壓低身子——

「——我知道了！」

腳下一踏，身體彈向前方。

轉生之後，連從來沒有像這樣使勁活動身體。到了這時，他才對自己的體能感到驚訝。

「這一步踏得好！」

連聽著羅伊的聲音，將木魔劍高高舉起。

他沒打算試自然魔法（小），只是全力砍向羅伊。

不過，這一劍理所當然地被架住了。羅伊橫向平舉的木劍和連的木魔劍相交，同時一陣強烈的衝擊傳到連的手上。

「要持續到身體動不了為止！」

「啊……是！」

連勇敢地回答，然後往前踏了第二次、第三次。

他不斷向接招的羅伊揮出木魔劍，試圖突破羅伊的防禦。

但是，兩邊的臂力和體格有壓倒性的差距，怎麼看都做不到。

即使如此——

（該怎麼說呢，感覺很有意思耶。）

連找到了樂趣，因此沒有中途放棄，始終堅定地面對羅伊。明明只是單純對等著接招的羅伊揮劍，卻讓連覺得非常開心。

（因為這對我來說就是練等級——！）

經過一番努力之後，技能等級應該會有所提升。

一想到這裡，連就能忍受身體的疲憊。

即使已經氣喘吁吁、即使總會被羅伊用臂力彈開，為了就在前方的升級，他願意驅策身體繼續堅持下去。

但是，不管再怎麼有志氣，連終究只有七歲。

開始訓練還不到三十分鐘，他已經全身無力，就這麼簡簡單單地倒在地上。

「……真丟臉。」

「別說傻話。我兒子的動作可不像七歲小孩喔——所以說，我要去燒熱水洗個澡，連你呢？要再吹一下風嗎？」

連點點頭表示「要」，羅伊留下一句「了解」便離開庭院。

確認羅伊已經進屋之後，連才看向藏在手臂防具底下的手環。

・魔劍召喚術（等級１：２／１００）

「很好！」

雖然提升魔劍的等級需要魔石，不過魔劍召喚術就和說明一樣，是透過使用召喚出來的魔劍

取得熟練度。

這件事得到確認，讓連安心地笑了。

◇◇◇◇

第一次訓練那天過後，下午和羅伊訓練成了連每天的例行公事。

「今天就到這裡吧。」

「謝……謝謝爸爸……」

羅伊看見連痛快地躺成了大字，宣布訓練結束。

不過，實際上連的活動時間已經比第一天多出一倍以上。體力、臂力都很順利地成長。

「今天的成果是……」

確認羅伊已經離開後，連偷偷看向手環。

・魔劍召喚術（等級１：８８／１００）

一次訓練努力到倒下，這樣才能得到熟練度「２」。

因此，從累積的熟練度來算，連折磨自己的身體已經超過一個月了。

到了這個地步，實在不能說只是出於玩家心理才努力升級。畢竟實際活動身體和操縱手把完全是兩回事。

（果然還是因為那個吧？）

他猜測是羅伊和米蕾優的影響。

和前世的雙親不同，只要連努力，他們就會全力誇獎。看見兩人的笑臉，就會讓連覺得該更加努力。

「還是蓮的時候，都沒人誇獎過我啊……」

前世的雙親在蓮小時候就已離婚，蓮由母親撫養。

但是，蓮愈長大愈像父親，母親看見他就討厭，不想和他說話。等到蓮上大學以後，這位母親已經很少待在家裡，母子一年只講得上幾句話。

和當時相比，現在的生活非常充實。

儘管會因為日常生活沒有家電而感到不方便，但他依舊敢說現在比較幸福。

「……明天也好好努力吧。」

一想到能讓父母高興，就讓他覺得這樣努力也不壞。

◇◇◇◇

隔天、再隔天的訓練，連同樣勇敢地面對羅伊，直到倒下。

連的身體出現異狀，則是六天後的事，當時他正在訓練。

「咦……？」
就在開始訓練差不多過了一小時左右時，身體不可思議地感覺很輕。
比起開始訓練之前更輕，感覺腳下用力一點就能飛上天。
「怎麼啦？難道你受傷了……」
連突然停下動作，臉上滿是震驚，羅伊見狀焦急地問道。
「沒、沒事！沒什麼大不了的！」
「那就好……但是別逞強喔！」
「好！我知道！」
連在回應的同時，也注意到異狀不是只有身體變輕。握住木魔劍的手，也變得比先前更有力。
他想找出原因，但是沒有頭緒。
為了不讓羅伊擔心，連壓低身子，就像一直以來那樣往前踏。
才踏出一步，羅伊就看出連變得不太一樣。
「好、好快……！」
即使是每天都去森林狩獵魔物的羅伊，看見連接近的速度也不由得大吃一驚。
當然，連這段時日已經展現出難以想像是七歲小孩的體能。
但是，他現在的速度，甚至凌駕於森林裡的魔物之上。
「嗚……」

羅伊將木劍打橫，架住連的攻擊。
他這一擋，將地面踩出一個坑，手中木劍更爆出宛如哀嚎的聲響。
「喝啊啊啊啊！」
連的攻勢並未停歇。
雙劍一再衝突，發出沉重的巨響。
（身體好輕……！）
平常手上會有的麻痺感也消失無蹤，讓他能隨心所欲地揮動木魔劍。
「又不可能突然變強——這、這樣嗎！連！你該不會也————！」
此時的羅伊皺起眉頭，額前冒出汗珠。
他舉起木劍，看來已經有了結論。這是羅伊第一次決定要主動攻擊，但是……
「————怪、怪了……？」
連突然全身無力，跪倒在地。
「燃料用完了呢。」
「怎、怎麼會……我明明還有力氣……」
搞不清楚狀況的連顯得不知所措，羅伊則是很開心地走向他。
羅伊就這麼把手伸向連，將他抱起來。
「幹得好！沒想到我兒子居然有技能啊！」
「等、等一下……爸爸……？」

「突然變強一定是因為技能等級提升了！我沒有技能所以不明白是什麼感覺，但是想不到其他理由啦！」

被那雙強壯手臂抱起來的連，這時候才終於注意到是怎麼回事。

（這樣啊。原來是「魔劍召喚術」的技能等級在訓練時提升了。）

理論上升級後會得到的是身體能力UP（小）。

難怪會覺得身體變輕、力氣變大。剛才或許是因為意識和對身體的理解跟不上突如其來的變化，導致極限意外到來。

「既然如此，就該去教會做個技能鑑定……我是很想這麼做啦……」

羅伊突然變得很消沉，低頭看向連。

「抱歉。我們家沒有多餘的錢，沒辦法去教會。」

「呃……請人家鑑定技能要花很多錢嗎？」

「不，如果只是鑑定要收的錢，我獵兩隻魔物就能搞定。如果你生在有教會的城鎮，大概一出生就會去做技能鑑定。」

那為什麼沒辦法去？連起先感到疑惑，接著他想起了這個村子的位置。

「因為這裡太偏僻，所以旅費高昂……之類的……」

羅伊立刻點頭。

「離這個村子最近的教會，要到男爵大人住的城市。」

想前往男爵所在的城市，騎馬需要十天左右。

「我們三人的旅費倒還好辦。但是我不在的時候，必須雇傭兵來這個村子狩獵魔物。這筆錢就麻煩了。」

對於一直隱瞞技能的連來說，這倒是求之不得。畢竟他希望可以在這個村子過平靜的生活，這樣等於少了一個擔憂。

「不過，我覺得不鑑定也沒關係啊。」

「連……」

「不知道技能的名稱又不會死。」

「你啊……也看得太開了吧……？我還以為小孩子應該會很想知道技能叫什麼名字……」

「人家是人家，我們是我們嘛。」

羅伊聽到這句話先是傻眼，隨即大笑出聲，聲音彷彿能傳到地平線的彼方。

聽到笑聲的米蕾優，跑出來看到底怎麼回事。她聽到連有技能之後，也開心地抱緊了連。

——從這天起，連又花了許多時日在練劍上面。

半年、一年……數年的歲月就這樣流逝，他將每一天都當成自己成長的食糧。

四章　得到騎士團長認可的實力

從連居住的村子花上半個月向東行，就能抵達這一帶少數的都市地區。
這個都市的名字，叫做克勞賽爾。
它是順著此處中央高周圍低的地形發展而成。
往上的路鋪成螺旋狀，從外側看上去十分立體。由磚瓦建築構成的壯麗景色，就連遠方帝都的居民也給予好評。
——這座都市的中心，聳立著一間可說是小型城堡的宅邸。治理這片領地的克勞賽爾男爵，就住在這間宅邸。
除了大小之外，象牙色外觀也是克勞賽爾男爵宅邸的醒目原因之一。
若是走到門前，想來就能一窺克勞賽爾男爵引以為傲的庭園。
假如運氣夠好，說不定還可以見到男爵千金。
傳說她只要對異性露出笑容，就能迷倒對方，甚至有人以為自己見到了天使或妖精。
然而——

「唉……」

這位男爵千金，此刻正百無聊賴地佇立於庭園一角。

少女最明顯的特徵，便是一頭宛如將紫水晶融入拋光後純銀的長髮，以及令人聯想到藍寶石的眼眸。細緻端正的五官雖然有些稚氣，卻已經美得足以傾城。潔白無瑕的肌膚，耀眼得連朝陽都相形失色。

那英挺的站姿，讓人感受到一股藏不住的高貴氣息。

她的名字，叫做莉希亞．克勞賽爾。

「唉呀，大小姐。」

此時，有個男子向她搭話。

男子是身穿甲冑的壯年騎士，他的態度和藹、穩重，就像一位管家。

「出了什麼事嗎？這樣是在糟蹋妳那張可愛的臉喔。」

「沒什麼……只是剛練完劍而已。」

「原來如此。看來我那群部下已經不是您的對手了。」

「所以我不就說了嗎？明明由你來當我的對手就好。」

「非常抱歉，我無論如何都得完成老爺交代的工作。還有，從今天起我得離開宅邸一段時間。」

這句話一出口，莉希亞驚訝得連連眨眼。

她的表情和方才不同，凸顯出符合實際年齡的可愛。

「你明明是騎士團長，為什麼要自己跑一趟？」
「這是老爺的命令，我必須巡迴領內。我不確定能否向您說明，詳情請您去問老爺。」
說完，男子向莉希亞低頭致意，就此離開。
門外，男子的部下們已經騎在馬上等他。
「各位，出發吧。」
男子騎上部下們準備的馬，這麼說道。
他的口令一下，一行人便離開宅邸，沿著石板路前進，就這樣過了數分鐘。
「該怎麼辦才好呢？」
男子煩惱地輕聲嘀咕，部下聽到後便開口詢問。
「出了什麼事嗎？」
「大小姐最近好像有點驕傲。想來是因為同齡的人裡已經找不到對手了吧。」
聽完之後，部下「原來如此」地點點頭。
「聽說大小姐日前去了一趟帝都，對上其他貴族和騎士的子女都贏得勝利。」
「就是這樣。我也不奢望找得到能贏過大小姐的少年少女，只要足以和大小姐並駕齊驅就好了……」
男子靜靜地仰望天空，期望能找到這樣的人。

◇◇◇◇

技能等級提升之後，連練劍練得更勤了。

時間轉瞬即逝，**從他開始練劍那一天算起，已經過了**三年。

現在連已經十歲，身體也愈來愈接近大人。

就在時節即將邁入夏季時。

連想起了技能被羅伊得知數天後的事。

『從今天開始，你可以一個人自由地在村裡走動嘍。』

米蕾優也表示同意，只要求連在天黑前回家。

連很開心，從隔天起就把早餐前走田間道路散步當成每天的例行公事。

直到過了三年的今日，他依舊邊揉著略顯沉重的眼皮邊散步。

「果然還差得遠啊。」

他悠哉地召喚手環，看看水晶之後嘆了口氣這麼說道。

水晶裡浮現了「魔劍召喚術」的詳情，不過……

・魔劍召喚術（等級2：659／1500）

這就是嘆氣的理由。
升到下一級所需的熟練度，在三年前那次升級後多出一大截。
「花了三年才到這樣啊……」
如果能夠每天和羅伊訓練當然最好，但是負責管理村子的艾希頓家有不少事要處理。除了跑不掉的過冬準備之外，連幾乎每天都得幫忙各季的農活。有時雖然能訓練但時間很短，熟練度只能獲得「1」。
連無力地嘀咕，然後看向下一欄。

等級1：可以召喚「一把」魔劍。
等級2：手環召喚期間，得到「身體能力UP（小）」的效果。
等級3：可以召喚「兩把」魔劍。
等級4：＊＊＊＊＊＊＊＊＊＊＊＊＊

現在，已經能看見等級3的效果。
「魔劍召喚術」現在是等級2，看來是設計成讓人能看到下一級。
（好想試試木魔劍的自然魔法（小）啊。）
再怎麼說也不能在家裡試，所以連一直猶豫不前，不過總有一天……正當連想到這裡時，有個老婆婆向他搭話。

「唉呀呀，小少爺今天也很早呢。」

這位老婆婆是村裡唯一的接生婆，大家叫她莉格婆婆。

她也是連降生到這個世界時，和米蕾優待在一起的那位長者。

偶然碰面的兩人，很快就並肩走在一起。

「你父親又在炫耀嘍。他說小少爺你遲早會在帝都當一個了不起的騎士。」

「嗯……我沒打算離開這個村子耶。而且，要是我不在，就沒人繼承爸爸的工作啦。」

「唉呀。要是小少爺有了弟弟妹妹，就不需要擔心這種事嘍。」

確實，若真有了弟弟妹妹，連要離開村子也不是不行。不過有個大前提，必須先看連有沒有離開這個村子的意願。

「如果是這樣，讓我的弟弟或妹妹去帝都就行啦。」

當然，連沒打算離開村子。

聽到這句話，莉格婆婆露出無奈的笑容——突然，她停下了腳步。

「莉格婆婆？怎麼了嗎？」

她看向村子邊緣的小丘底部，驚訝地開口。

「小少爺，你得趕快回家才行。」

「怎麼這麼急……咦？那些騎在馬上的人是……」

連跟著看向小丘底部，這才發現來了批陌生人。

差不多有十個騎在馬上的成年人，每個都身穿甲冑。

即使是生活在邊境的連也明白，這些人應該是騎士。
「——那幾位是男爵大人的使者。」
莉格婆婆這句話，證實了連的猜測。

◇◇◇◇

這群騎士突然來訪，讓負責管理村子的羅伊很困惑。
看見他的反應，領頭的老騎士向前進了一步，開口說道：
「突然造訪實在很抱歉。」
這名一開口就謝罪的男子，是個看起來很適合燕尾服的老騎士。
「別、別這麼說……！可是，您為什麼會來到我——來到在下的村子？」
「這我當然會解釋。不過在解釋之前，希望你先接下這個。」
說著，老騎士就把手伸進甲冑裡，掏出一卷羊皮紙。
「位於此地南方的村子遭受魔物危害。詳情就寫在這份羊皮紙上。」
羅伊接過羊皮紙，立刻打開來看。
很快地，他的表情變得十分嚴肅。
「這一帶有**可疑的魔物**出沒……是嗎？」
「沒錯。就像這份羊皮紙上寫的，目擊情報指出，那是野獸類型的魔物，動作像風一樣快。

已經有好幾個村子受害，甚至有人犧牲。」

「……目前推測是哪一級的？」

「最好有至少是D級的心理準備。」

聽到老騎士的回答，羅伊皺起眉頭，表情更加嚴肅了。

「不過請放心。當家老爺已經將騎士派往鄰近的村子，照理說這個村子也會有人來，希望你這段期間嚴加戒備。」

「那真是太好了！不過，這段期間大約是多久？」

「從今天算起還需要二十天。這次要支援的地區很多又得選人，花費的時間會比平常多。特別是這個村子離當家老爺的宅邸很遠，要馬上趕到——實在有點困難。」

老騎士似乎有些難以啟齒，話中滿是歉意。

羅伊雖然神情嚴肅，不過會派遣騎士過來依舊讓他看到了一線希望。

「我明白了。那麼，從今天算起的二十天內，我巡視森林時會格外注意。」

「很抱歉。但是，千萬不要勉強。我聽說這個村子除了羅伊兄弟外沒有其他人能夠戰鬥，要是你受傷就全完了。」

「哪裡，如果有必要，我的兒子應該也會挺身而出。」

羅伊一臉自豪，向待在附近聽兩人對話的連招手。

「唔……你是說這孩子能上陣？」

「是的。來，連。向騎士團長大人打聲招呼。」

（原、原來這人是騎士團長啊……）
也就是男爵麾下眾騎士裡地位最高的。
完全沒想到來頭這麼大，連清了清喉嚨，立正站好。
「初次見面，您好。在下是連‧艾希頓，今後還請多多指教。」
聽到連這麼說，騎士團長感嘆地「喔？」了一聲。
「不敢當。我叫拜斯。」
名叫拜斯的騎士團長這麼說完，便在連面前蹲下，讓視線高度配合他。
「你幾歲呀？」
「今年春天滿十歲。」
「喔？真是個聰明的孩子。可是……」
此時，拜斯用疑惑的眼神看向羅伊。
「我知道這位是你引以為傲的嫡子，但是讓一個才十歲的孩子討伐魔物，負擔未免太重了吧？」
「沒問題！連遠比我十歲的時候強得多，而且他擅長使劍！」
「喔……這麼厲害嗎？」
「是的！而且，他還有技能！」
「什麼，居然還是技能持有者，這可真令人驚訝。」
被誇獎雖然很不錯，但是這麼一連串下來還是會讓人很不好意思。

連暗自祈禱這個話題趕快結束。
可能是祈禱生效了吧，拜斯站起身對羅伊說道：
「繼承人這麼可靠是好事——那麼，容我換個話題，能不能讓我們在這個村子休息一天呢？」
羅伊回答「當然可以」。
不過，他算了一下和拜斯一同來到這個村子的騎士人數之後，認為需要做些準備。因為食材不夠招待所有人。
儘管拜斯說不用在意，但這可不行。
米蕾優為了在屋裡招待騎士們而忙進忙出。羅伊決定和平常一樣去森林打獵，弄些食材回來。拜斯主動表示要幫忙，但是羅伊堅決不肯，獨自走出家門。
連看到之後，也跟著出去。
「話說回來，爸爸，聽說和拜斯大人一起來的那幾位也是騎士。為什麼他們會對爸爸這麼客氣呢？」
「喔，雖然同樣是騎士，但是艾希頓家要管理村子嘛。我們的地位比較高。」
「喔喔……原來如此。」
「那麼，我這回真的要走嘍！」
儘管是個和平時不一樣的慌忙早晨，羅伊前往森林的背影仍舊一如往常。

就在羅伊的背影徹底遠去時，屋子的門開了。
出來的是拜斯，他走向連。
「還是讓我們也幫忙吧。」
在屋內等似乎讓拜斯過意不去，他腰間配著劍，一副隨時都能出發的模樣。
不過，聽了剛剛那番對話的連仿效父親。
「不，這就不用了。正如家父所說的，請各位好好休息。」
「唔……可是……」
「各位巡完鄰近的村子，想必已經很累了。還請各位至少今天休息一天，治癒疲憊的身心。」
可能是明白再怎麼堅持連也不會答應吧，拜斯終於放棄了。
他以老成的嗓音說了聲「抱歉」，一度轉身準備進屋。之所以用這種說法，則是因為拜斯又回過頭蹲下來，讓視線貼近連的高度。
「話又說回來，你真的是個很有禮貌的孩子呢。」
「哪、哪裡……我在邊境長大，這些都是從書上學的……」
「不用謙虛。我周圍也有很多騎士的子女，不過像你這樣的我是第一次碰上。和你說話，感覺就像在和我們家的大小姐說話一樣。」
「大小姐……男爵大人的千金嗎？」
「嗯。大小姐和你同年，但是她早熟的程度不輸你。」

連雖然待在這裡陪拜斯聊天，不過他對這個話題沒什麼興趣。

反正也不會見到那位千金小姐，沒什麼好在意的。

連原本這麼想，但是他很快就對這個話題感興趣了。

「大小姐生來就擁有『白色聖女』這個技能。想來她的名字遲早會轟動整個帝國吧。」

這個男的剛剛說什麼？連還以為自己聽錯了。

他剛剛應該有提到，那位千金小姐擁有「白色聖女」這個技能。

（這、這是怎麼回事？）

這個技能，毫無疑問屬於七英雄傳說二代死在連．艾希頓手裡的聖女。

聖女的名字叫做——

「莉……莉希亞．克勞賽爾……！」

連不由得說出那個名字。

拜斯聽到後皺起眉頭，同時也露出苦笑。

「喂，知道大小姐的名字值得誇獎，但你不可以直接這麼喊喔。」

十分困惑的連陷入沉思。儘管知道在騎士團長面前這樣很沒禮貌，他依舊忍不住要思索到底怎麼回事。

「在、在書庫裡看到的地圖明明沒有標出克勞賽爾家……」
連下意識地嘀咕，拜斯聽到之後有些疑惑地說道：
「可能地圖太舊了吧？你看到的那份，年代應該相當久遠。話是這麼說，不過地形和現在沒什麼兩樣，恐怕是羅伊先生把它留下來當資料吧。」
連自己也覺得大概是這樣，這讓他十分頭大。
「可、可是，克勞賽爾家的領地，不是應該離帝都更近一點嗎！」
說到克勞賽爾家，應該是住在帝都附近領地的名門才對。所以連先前聽到主君是男爵並不覺得有什麼大不了，看到書庫那份地圖時也沒多想。
「嗯。**確實，克勞賽爾家在帝都附近也有領地**。」
「……啊？」
連不斷眨眼，彷彿在催拜斯繼續說下去。
「去年，克勞賽爾家又獲賜一塊在帝都附近的領地。除了慶賀克勞賽爾家誕生一位擁有『白色聖女』的千金之外，也是獎勵當家老爺將領地經營得豐饒。」
這番話理所當然地讓連大為動搖。
不過，他還沒見到聖女莉希亞。說穿了，只要自己不去殺她，留在這個村子裡平靜度日就好
——就在連這麼想的時候。
「遲早你也得去當家老爺和大小姐那邊問候吧。」
「————咦？」

「令尊沒告訴你嗎？按照慣例，負責管理村子的騎士家，下任當家要去侍奉的貴族那邊露臉。等到你長大之後，應該也會去問候他們兩位吧。」

連雖然想避開，然而這件事看來沒得拒絕。

（沒關係……反正只是問候……）

他打算暫且擱置，等那天到來再說。

「——話說回來，聽說拜斯大人是男爵麾下騎士團的團長。」

連之所以開口轉換話題，也是為了讓自己冷靜下來。

「唔，有什麼問題嗎？」

「恕我冒昧。貴為騎士團長的人特地造訪如此偏遠的村子，這種事好像不怎麼尋常……」

「原來是這個啊。當然，長時間離開宅邸非我所願——不過剛才也說過，這件事令當家老爺相當擔心。」

所以，才會出動像拜斯這樣的重鎮。

這麼做的用意在於，一發現引起騷動的魔物就能立刻討伐。

「若是遇上D級魔物，就算我的部下們聯手也會有危險。」

聽到拜斯這麼說，讓連想起了七英雄傳說裡的魔物分級。

魔物們的等級，基本上由這世界的跨國中立組織「公會」訂立。評價標準有許多種，不過主要是看對人們能造成多大的威脅。

分級裡S最高，G最低。

D級已經和七英雄傳說裡最先碰上的頭目同級。
（我想，爸爸應該比拜斯大人的部下還要強……才對。）
不過，七英雄傳說是四人組隊，不確定羅伊一個人贏不贏得了。
沒想到事情會變成這樣，或許當初該更早開始練劍。十分懊悔的連，不由得嘀咕起來。
「看來今天沒得訓練了……」
「嗯？你說訓練，是指向令尊學劍嗎？」
連點頭答「是」。
「如果不嫌棄，就由我來代替羅伊先生吧。受到你們款待卻沒有回禮，實在很不好意思。」
「可、可以嗎？」
「當然可以。前提是你不嫌棄。」
一想到能有段寶貴的體驗，就讓連滿面笑容地說：「麻煩您了！」
接著，連便走向倉庫為拜斯拿訓練用的木劍。而且到了倉庫，他就可以偷偷拿出自己用的木魔劍。

十幾分鐘後，訓練即將開始。
「拜斯大人，允許我們旁觀嗎？」
此時，拜斯的部下之一前來詢問。
拜斯很有禮貌地先徵求連的同意，才答應讓部下觀戰。

「你先熱身一下，然後像平常訓練那樣打過來。」

「是。」

連先做了一套柔軟操，然後舉起木魔劍。

身體前所未有地輕，狀況很好。

「我要上了──喝！」

連往已經做好準備的拜斯踏出一步。

就像平常和羅伊訓練時那樣，藉由這毫不客氣的一步，宛如風一般縮短距離。

於是。

「唔──」

「哇──」

拜斯的部下大為吃驚，就連拜斯本人也揚起了眉毛。

接下連的攻擊後，拜斯露出愉快的笑容。

「喔……臂力、劍術都無可挑剔……」

不在預定之內的訓練就這麼繼續下去，到了快傍晚才結束。擔任教師的拜斯，也指點得愈來愈熱心。

這天晚上，連在床上查看手環時吃了一驚。

・魔劍召喚術（等級２：６６９／１５００）

看見熟練度一口氣增加了「10」，讓他又有了新的理解。

這個名為熟練度的概念，看來是對手愈強增加得愈多。

◇◇◇◇

隔天早上，拜斯一行人吃完早餐，隨即準備返回男爵那邊。

他們在天色完全亮起來時上馬。

「羅伊兄弟。儘管我們來得突然，卻還是得到了你們的款待，為此我要向你表達感謝之意。不過，還請你千萬小心。雖然身為騎士有**守護這個村子的義務**，但你如果倒下才真的是全完了。」

「我明白。我會恪守艾希頓家的義務，也會好好保護自己。」

拜斯聽完回答之後再度道謝，這才下令啟程。

包含連在內的艾希頓一家人，目送騎士們離去。為了避免有失禮數，他們在屋外待了數分鐘，直到一行人的身影完全消失。

——離開村子後，騎士們驅馬趕往男爵宅邸。

越過山丘、穿過森林，甚至要渡過小河。
直到夕陽西下，一行人才準備紮營過夜。
「拜斯大人，您昨天好像指點了艾希頓家的兒子？」
一名部下在紮營時說道。
另外又有幾名部下跟著聊了起來。
「平常好像是由羅伊兄弟教他。不過，聽說羅伊兄弟不太會教人……」
「嗯。確實，或許有點可惜呢。」
聽到部下們這麼說，拜斯先是「嗯？」了一聲，然後開口：
「你們好像有些誤會，那個少年很強喔。」
這兩句話出乎意料，讓拜斯的部下們當場愣住。
不過，那名親眼目睹拜斯和連訓練的部下有不同反應。
這名部下想起連當時的模樣，有些興奮地說道：
「拜斯大人。那個少年會不會是個奇才啊？」
聽到他這麼問，拜斯回答：
「嗯。雖然尚未打磨，但毫無疑問是個奇才。他很聰明，轉眼間就能把我教的融會貫通，而且勤奮不懈。」
部下們從沒見過拜斯對一個人讚賞到這種地步。
拜斯接下來說的話，讓他們更加吃驚。

「老實說，我甚至希望他能加入我們克勞賽爾騎士團。」

「團、團長？他才十歲耶！」

「您是認真的嗎？」

「你們在講什麼啊，那個十歲少年可是比你們還要強喔？他的實力還在大小姐之上啊。」

長年跟隨拜斯的部下們，從拜斯說這番話時的神情就看得出不是開玩笑，這讓他們更為震驚。

但是，拜斯臉上的表情很快就轉為嚴肅。

「不過，就算有那個少年在，想來還是得盡快增援。」

拜斯所擔心的，正是讓他特地跑來邊境的D級魔物。

G級的小野豬無論來多少隻，拜斯的部下都不會輸。就算面對F級，理論上他們也能一個人應付五隻。

但是，D級以上就另當別論。

「可是拜斯大人，羅伊兄弟以前不是單獨討伐過D級魔物嗎？」

「嗯。那是他的夫人懷上那個少年以前的事了。」

拜斯說了句「希望這回也平安無事」之後，仰望天空。

他向主神艾爾芬祈求領地的和平。

五章 特殊個體

Unique Monster

從拜斯一行人離開的那天起，羅伊的生活變得比過去更加忙碌。

他現在比往常更早起、更早前往森林，回家時間則變得比往常要晚。

這樣的日子持續一週之後，他臉上的疲憊也開始藏不住了。

「……親愛的，你至少該休息一天吧？」

「不行。為了避免那隻魔物接近村子，我得盡量多獵一些會被牠吃的魔物。」

米蕾優在晚餐時提議，但是羅伊沒有接受。

羅伊笑著說，只要再撐十三天就好。

（早知道會這樣，我就該進森林練習和魔物戰鬥。）

儘管後悔也無濟於事，這樣的念頭依舊在連腦中揮之不去。

當然，連也有直接找上羅伊，希望羅伊帶自己進森林。

但是羅伊當場拒絕，而且不管連怎麼求都沒用。

……連又過了幾個焦慮難安的日子，來到拜斯等人離開後滿十天的晚上。

這一天，夜幕一如往常地落下。

暮色遭到黑暗侵蝕，只要再過幾十分鐘黑夜就會徹底降臨。

「媽媽，爸爸還沒回來。未免太晚了吧？」

父親還沒回家，讓連覺得事有蹊蹺，於是他走進廚房問米蕾優。

「是啊……會不會是他今天特別賣力呢……」

米蕾優起先這麼說，但她很快也跟著不安起來。

「不過，還是讓人很擔心。我去看看狀況吧。」

「那就讓我去吧。」

「不行，天色已經晚了，很危險。」

米蕾優以不同於往常的堅定語氣拒絕，但是連依舊無法接受。

他倉促間想了個折衷方案。

「媽媽一個人去同樣很危險，所以我就算必須躲起來也要跟過去。既然如此，我們待在一起不是比較安全嗎？」

「唉……你這孩子，到底是從哪裡學會動這種歪腦筋的呀？」

米蕾優的口舌不足以說服連退讓。

不僅如此，她甚至考慮過直接丟下孩子一個人出門，但是一想到連偷偷跟過來會更危險，也只好答應連同行。

（變成連之後，這還是第一次在晚上外出呢。）

一從廚房的門走到戶外，受到這一帶氣候影響的涼風便撫過臉頰。

草、花、泥土的氣味，乘著風鑽入鼻孔。

此起彼落的蟲鳴，也讓人希望平常就聽得到。

「連，手給我。」

兩人牽著手往前走。

「注意不要跌倒喔。」

米蕾優說著晃了晃火把。

滿天星光和民家燈火只能帶來些許光亮，不足以照亮腳邊。

此刻已經暗到連區區數梅爾——梅爾是這個世界的單位，相當於公尺——之外都看不清楚，感覺一個不小心就會摔倒。

——兩人離開家門後走了約三十分鐘，看見一條兩側放有火把的路。

「這是通往森林的入口喔。那邊的河川隔開了村子和森林。」

那條兩側有火把的路，其實是木製吊橋。

雖然這條橋看上去沒用到什麼高深的技術，不過從粗圓木構成的外觀就能明白它很堅固。

「他到底在哪——唉呀？那該不會是……！」

連還在確認橋和河川的狀況，旁邊米蕾優已經注意到橋的另一端有東西。

他學米蕾優看向對面，隨即發現有個人影背靠著過橋之後的那棵樹坐在地上。

兩人察覺那就是羅伊，立刻走上前去。不過……

（……怪了。）

從連的角度看，他們母子來到這裡，羅伊卻幾乎沒有反應，實在很不可思議。

羅伊所做出的反應，就只有稍微把頭轉向米蕾優和連這邊。

他沒有抬頭看向妻兒，呼吸粗重，肩膀不停起伏。

「親愛的！我好擔心——」

米蕾優說到一半就愣住了。

緊接著，同樣看見羅伊的連也大吃一驚。

「爸……爸爸！」

早上還和往常一樣精神抖擻外出狩獵的羅伊現在渾身是血，紅銅色的血弄濕了地面。

「米蕾……………優…………連…………」

「不要說話！我立刻帶你回家，別亂動！」

「不……可……以……」

羅伊伸出顫抖的手臂。

這隻血跡將乾未乾的手，儘管抓住了連的肩膀，力道卻遠比平常來得弱。

「…………快、走……！我的血……氣味會引來魔物…………」

羅伊斷斷續續地說完，便一動也不動。不過，連摸了他的胸口之後，發現還有心跳。

然而，連才剛確認完羅伊的心跳……

附近樹林便傳來興奮的鼻息聲。

『噗嚕～！』

『呼、呼──────！』

『噗嚕──────！』

出現的是三隻小野豬。

牠們的身軀與大型犬相當，沾有泥巴的毛皮宛如厚重的鎧甲般堅固。嘴邊露出的牙齒相當銳利，被咬到恐怕難免受傷。

……想來就如羅伊所言，是被血的氣味吸引過來的。

『呼啊──────！』

連甚至無暇思考是戰是逃。

一隻小野豬已經朝他衝來。

「媽媽！帶爸爸回家！」

「連！」

「動作快！現在能戰鬥的只有我！」

為了讓小野豬遠離羅伊和米蕾優，連挺身而出。

但是連前世也沒有和野獸戰鬥的經驗。非人類生物迎面而來，他看著露出利牙的小野豬，頸部冒出冷汗。

『噗嚕──────！』

小野豬撞向連的頸部。

連平舉腰間的木魔劍，用劍堵住小野豬的嘴巴。
「……唔、嗚……！」
然而，這麼做無法抵銷衝勁，導致他被魔物壓倒在地。
小野豬的骯髒牙齒，邊靠近邊滴下難聞的口水。這讓連無比害怕，但是他依舊拚命地壓抑恐懼，勇敢地伸手往前推。
令他驚訝的是，自己居然輕而易舉地推開了小野豬。
（對喔，和爸爸訓練已經讓我變得相當強了。）
連順勢站起身，手裡木魔劍猛力敲向小野豬的頭。
儘管另一隻小野豬跟著撲過來，但是連和方才不同，冷靜以待。
『噗喔——？』
木魔劍同樣敲在第二隻小野豬的頭上。
小野豬的厚重毛皮，碰上連的臂力之後變得毫無意義。
『嗚…………』
『嗚……啊……』
兩隻呻吟著倒下的小野豬，頭上被木魔劍敲中的位置都深深凹陷。
剩下一隻見狀，發出丟臉的叫聲逃離現場。
「連？你、你居然變得這麼強……！」
米蕾優攙扶著羅伊走來，但是兩人的體格差距讓她沒辦法走太大步，此時才剛過橋。

「這邊已經沒事了！趕快帶爸爸回家吧！」
連趕上來扶著羅伊，快步往自家走去。
三人離開了吊橋，走在漆黑的田間道路上。到了能看見自家時，米蕾優便暫時和連分開。
「我去叫莉格婆婆過來！」
「莉、莉格婆婆嗎？」
「對！莉格婆婆有藥師技能，一定能幫上忙！」
這段陰暗的返家路並未讓連感到寂寞。
因為他太擔心羅伊，根本沒空去想別的。

◇◇◇◇

羅伊被送回家後便接受治療，直到天色亮起才告一段落。
主臥室的門開了，疲憊不堪的莉格婆婆從門後現身。
「莉格婆婆！爸爸怎麼樣了！」
為了一有狀況就能得知，連先前一直坐在房門外的地板上等待。此時他連忙起身詢問莉格婆婆。
「……暫時可以放心。雖然還需要注意，不過算是穩定下來了。」

昨晚讓羅伊躺上床時，連有確認他的傷勢。腹部有一道很深的裂痕，內臟差點就要掉出來了。

根據莉格婆婆的說法，羅伊身上還有多處骨折。

不過關於羅伊受傷一事，連總覺得不太對勁。

（——那些連我都應付得了的小野豬，實在不太可能讓爸爸受傷。）

這也就表示，羅伊應該是碰上了騎士們提到的魔物。

羅伊非常了解附近的森林，照理說不會踏入自己無法應付的區域。所以騎士團長拜斯提到的那隻魔物，應該是出現在離村子比較近的地方。連是這麼想的。

「……那個，我可以去爸爸旁邊嗎？」

莉格婆婆點頭，表示中午過後會再來診察後便離開了。

連踏入主臥室，羅伊就躺在房間裡的大床上。

羅伊全身纏著看起來不太乾淨的繃帶，令人不忍卒睹。他雖然閉著眼睛，不過胸口有跟著呼吸無力地起伏。

「等他醒了得告訴他，都是因為有連在我們才能保住性命。」

米蕾優坐在床邊的圓椅子上，表情和莉格婆婆一樣疲憊。

連將一切納入眼底之後，再度看向父親。

父親盡了護村騎士的責任。但是父親身受重傷的此刻，又有誰能保護村子呢？

連以此自問，然後在心底回答「那還用說，當然只有我啊」。

「……媽媽。從明天起，由我代理爸爸的工作。」

聽到年紀還小的兒子這麼說，米蕾優慌張地站了起來。

「不、不可以！聰明的你應該很清楚吧？襲擊爸爸的魔物並不是小野豬喔？」

「我也這麼想！可是——！」

「沒有什麼可是！連，你還沒贏過爸爸，要是爸爸也贏不了的魔物出現，那該怎麼辦？」

米蕾優理直氣壯，使得連有些難以招架，但是他根本不打算退讓。

「爸爸不會亂來。儘管如此，他還是受了這麼重的傷，表示魔物出現地點比預期的還要靠近村子。」

「這——」

「所以，已經沒時間猶豫了。」

更何況……

「生在艾希頓家的我，和爸爸一樣有保護這個村子的義務。」

聽到兒子這麼說，米蕾優不再開口。連看在眼裡，心中一陣刺痛。

但他不打算收回這句話。艾希頓家有保護村子的義務，男爵家的騎士團長拜斯也說過這件事。

「我也想過帶著村裡的大家逃跑，但是村外毫無疑問會有魔物。到頭來，即使去村外避難，能戰鬥的還是只有我。」

男爵的增援抵達之前，留在村裡撐著是最佳選擇。

◇◇◇◇

米蕾優不得不承認。正如連所說的，身為騎士之子有責任要負是事實，米蕾優想不到該怎麼推翻這點。

不過，她還是再三叮嚀連別逞強。

還有，連的行動範圍限定在過了吊橋之後步行三十分鐘的距離之內。米蕾優還要求連答應她，一覺得情況不對就要立刻回村，還有要在天色變暗之前返回。

「喔，找到了。」

羅伊治療完畢數小時後，連來到剛過吊橋的地點。

他來回收昨晚討伐後就放在這裡沒動的兩隻小野豬屍體。

一來小野豬的素材可以賣錢，二來要避免屍體引來那隻重創羅伊的魔物。

「嘿……咻。」

多虧了身體能力UP（小）帶來的恩惠，他可以一次扛起兩隻小野豬。

儘管獸臭撲鼻，不過也只能忍耐了。

正當連皺起眉頭時……

「咦——？」

小野豬胸口流出某種溫暖的東西。

連原本以為是血，然而並非如此。他把小野豬的屍體放到地上，發現某種既像發光粒子又像極光的玩意兒，從屍體胸口飛向自己的手臂。

吃驚的連把皮製防具脫掉後往手環一看，隨即見到期待已久的變化造訪。

魔劍召喚術和木魔劍分別獲得了熟練度「2」。

「……果然，魔石只能來自親手打倒的魔物。」

猜測以這種形式得到證實，讓人很難由衷地感到高興。

如果可以，連希望是在羅伊健康時父子一起前往森林，然後他在羅伊的守望下打倒小野豬驗證猜測。

連將些許欣喜混在嘆息之中，重新扛起小野豬。

「……必須盡快找個時間試試木魔劍。」

但是今天該回家了，測試應該要等明天吧。

想到明天要正式踏入森林，就讓連心頭多了一分緊張。

◇◇◇◇

隔天早上，連醒得比往常還要早，他做好準備後往森林移動。

『只要往劍岩看，就能分辨方向喔。』

[NAME]

連・艾希頓

[職業] 艾希頓家　長男

[技能]

■魔劍召喚　Lv.1　0／0

■魔劍召喚術　Lv.2　671／1500

透過使用召喚出來的魔劍獲得熟練度

等級 1：可以召喚「一把」魔劍。

等級 2：手環召喚期間，得到「身體能力ＵＰ(小)」的效果。

等級 3：可以召喚「兩把」魔劍。

等級 4：＊＊＊＊＊＊＊＊＊＊＊＊＊＊＊＊＊＊＊＊＊＊＊。

[已習得魔劍]

■木魔劍　Lv.1　2／100

可以進行相當於自然魔法（小）的攻擊。

攻擊範圍會隨著等級上升擴大。

■鐵魔劍

（解放條件：魔劍召喚術等級 2、木魔劍等級 2）

走出家門前，米蕾優給了寶貴的建議。

而說到劍岩，是以前羅伊曾提過，如劍般聳立的巨大岩石。

這塊劍岩，位於進入森林後約一個半小時路程的地方。想起這件事的連，再次確認今天的目標。

（只在離橋不超過三十分鐘路程的範圍內狩獵魔物。）

他下定決心，踏入森林。

枝枒晃動、樹葉摩擦的聲音傳進耳裡。其他能聽到的只有鳥鳴，以及距離還算不上遠的河川流水聲。

「哇……」

連一腳踩進地面的泥濘，泥巴進了鞋裡。

不舒服的觸感讓他臉頰抽動。

甩掉泥巴之後，連才發現看似水蛭的生物已在不知不覺間爬上他的手臂。儘管水蛭出現在這種森林很合理，仍舊令人覺得不快。

水蛭似乎還沒咬住連的手臂，輕輕一撥就掉。

「這就是真正的**蛭礙**……」

說了個冷笑話之後，連仰望天空，因為他自己都覺得很不好意思。

繼續把泥巴清光之後，他以和方才不同的慎重步伐往前走。

不是因為疲憊。他在嘲笑自己，居然這種時候還說得出蠢話。

——就在這時，草叢猛然晃動，滿身泥巴的小野豬衝了出來。

『噗嚕～！』

「又是突然冒出來……！」

都說野獸戒心很重，這隻小野豬卻沒有。

真要說起來牠是魔物，恐怕不應該當成野獸看待，然而沒同伴也敢衝上來這點實在出乎意料。

不過，連面對來襲的小野豬沒露出半點懼色，只是舉起手中木魔劍——

『噗嗚～！』

俐落地給了小野豬的頭部一擊。

「第一天的戰鬥，就這麼簡單地結束了。」

說完，連扛起小野豬。

緊接著就像昨天那樣，某種溫暖的東西從小野豬胸口溢出。連立刻確認手環，發現魔劍召喚術和木魔劍的熟練度各增加了「1」。

「這麼說來，媽媽好像有講魔石空了。」

昨天，連把小野豬運回家裡交給米蕾優。米蕾優把小野豬解體之後，就告訴連「魔石空了喔」。

所謂的魔石，是指隨著魔物成長而跟著茁壯的魔力結晶。

魔力一旦消失，它就會變成混有白色的半透明物體，賣不了錢。

米蕾優昨天說這很不可思議，不過從今天起她就不用在意了。

因為連會告訴她，自己已經把魔石拿走了。

「接下來……」

該怎麼辦呢？回想昨天的事沒關係，但是扛著獵到的小野豬沒辦法戰鬥。

連也不太願意把小野豬丟在這裡。

不得已，他決定把獵物扛回吊橋旁邊，然而就在這時候。

「哇……」

兩隻小野豬突然現身，彷彿看準了他行動受限的時機。

連把扛著的小野豬丟向剛剛出現的小野豬。

「這倒是無妨啦。」

瞬間，兩隻小野豬都縮了一下。

連抓住機會拉近距離，同樣輕輕一敲就了結其中一隻。第二隻似乎總算有了危機感，不斷地往後退，最後丟臉地逃跑。

如果有遠程攻擊手段就能追擊……此時連想到某件事。

「——有啊。」

這麼說來，自己原本就打算試一下的。

他想起了木魔劍所附帶的——或者應該說，這大概才是木魔劍的主要用途，自然魔法

（小）。

話雖如此，但是連從來沒施展過什麼魔法。

該怎麼做才好呢？不知如何是好的連，想起了遊戲時代目睹的自然魔法。

精靈施展過的那招，用樹根或藤蔓纏住對手的魔法。

但是，看起來沒發動。連猜想可能有什麼發動條件，因此拿起木魔劍嘗試性地往小野豬背後一揮——

『噗喔！』

閃著綠光的粒子從木魔劍裡飛出，然後碰到地面。

緊接著，地上冒出樹根，輕而易舉地纏住了試圖逃跑的小野豬。

頸部被勒的小野豬無法呼吸，失去意識。

「喔喔……好厲害……」

連走上前去準備給小野豬最後一擊，卻發現牠只剩一口氣。

為了不讓小野豬痛苦，連高舉木魔劍，用力敲向小野豬的頭。

◇◇◇◇

連在太陽下山之前回到家，出來迎接的米蕾優大吃一驚。

「全、全部都是你打倒的嗎？」

「對啊。這些傢伙意外地好戰，一直撲過來。」
總共十二隻。
多虧牠們，魔劍召喚術和木魔劍都增加了與數量相等的熟練度。
「就算是爸爸也難得獵到這麼多……對、對了！你是怎麼運回來的？」
「一半用扛的，另外一半用在森林裡找到的藤蔓捆住後拖回來，一直拖到藤蔓斷掉為止，差不多是這種感覺。」
「原、原來是這樣啊……」
（……雖然藤蔓不是在森林裡找的。）
其實藤蔓也是用木魔劍造出來的。
連在嘗試能不能長出其他東西時，參考了遊戲時代的自然魔法，藤蔓就是實驗的成果。
要做到這件事，其實不難。
只要揮劍時心裡想著「樹根啊出來吧！藤蔓啊出來吧！」就行了。
（雖然長不出其他東西，不過畢竟是自然魔法（小），這也算無可奈何吧。）
不過理所當然地，只要木魔劍消失，藤蔓和樹根就會一起消失。
（再來就是注意別用過頭。）
自然魔法使用過度會出事，這點連很清楚。
使用魔法時，有種和召喚木魔劍時一樣的感覺流竄全身，所以他知道會消耗一定程度的魔力。

魔力也得繼續讓它成長才行。

連重新確認了這點，而他面前的米蕾優，則在看見小野豬的狀況後驚叫出聲。

「好棒！這些毛皮可以賣到比爸爸獵回來那些還要高的價格！」

「咦，為什麼？」

「因為沒什麼嚴重的損傷呀。爸爸是用劍，不管怎麼樣都會傷到毛皮。不過連你是用木劍，所以上面完全沒有傷口！」

儘管應該還沒到懷疑的地步，米蕾優的眼裡依舊充滿困惑。

連則是面露苦笑，同時暗自在心裡祈禱。

（希望以後都能順利打倒魔物。）

向主神艾爾芬祈求之後，他「嗯～」地伸了個懶腰。

這一伸展，連才發現身體意外地疲憊。看來代替父親狩獵比自己想的還要累。

（……明天也得好好加油。）

連露出了充滿決心的堅定表情。

◇◇◇◇

第二天獵到了和第一天同樣數目的小野豬。第三天獵到更多，之後連著幾天，進森林的戰果都比前一次多。

連毫髮無傷地到了第七天，黃昏時分。

『小少爺真厲害！』

『不愧是少當家的繼承人！』

『喔，今天也獵了不少呢！』

村民們的說話聲，傳進從森林歸來的連耳裡。

最近向連搭話的人，比之前單純散步時來得多。大家一開口就是稱讚，所以感覺還不壞。

不過，這幾天連自己倒是過得戒慎恐懼，所以沒有得意忘形。

（這麼一看，才發現確實獵了不少呢……）

連回應完村民之後，掀起防具查看手環。

・木魔劍（等級1：97／100）

他沒看魔劍召喚術的熟練度。

每打倒一隻小野豬，魔劍召喚術和木魔劍取得的熟練度只有「1」，所以他知道魔劍召喚術的下一級還很遠。

路途漫長。

不過，他很期待木魔劍的等級提升。

這是因為……

・鐵魔劍（解放條件：魔劍召喚術等級2、木魔劍等級2）

鐵魔劍。

一想到能解放新魔劍，就讓他願意花更多心力在每天的戰鬥上。

目前就算去摸鐵魔劍那幾個字，也不會顯示說明。想來是設計成解放之後才能閱讀吧。

（雖然無法想像鐵會有什麼特別的力量。）

無論如何，令人期待。

一想到明天會解放，就讓連興奮無比。

他腳步輕快，感覺隨時都能來上一段舞。

然而他此刻還用藤蔓捆起一堆小野豬拖著走，所以在村民眼裡顯得很詭異。

不過，他的輕快步伐在靠近自家時停住了。

「……怎麼回事啊？」

連從窗戶看到有人匆匆從走廊上跑過。即使隔著一段距離他也認得出來，那毫無疑問是米蕾優和莉格婆婆。

他直覺地認為出事了。

連把運回來的小野豬隨便一丟，衝進家裡。
慌張的米蕾優沒注意到連已經回家。覺得情況不對的連，跟著母親跑上樓梯。
「媽媽！出了什麼事？」
就在米蕾優要進羅伊房間之前，連壓住她握門把的手問道。
「呃，連？對、對喔……已經到回家時間了嘛……！」
舉止怎麼看都很可疑。
她明明很疼愛兒子，此刻卻想把連甩開，自己進房間，目光也游移不定。
「那個——」
連正想詢問，不知什麼時候來到附近的莉格婆婆先一步開口。
「小少爺！麻煩讓開！」
表情非常嚴肅的莉格婆婆把連推開，自己打開房門走了進去。
她手裡提著木桶，桶中裝有熬過的藥草。
「夫人也先待在外面！你們會礙事，不要進房間！」
接著莉格婆婆就「磅！」一聲關上房門。
被她丟下的連愣在原地。

一旁的米蕾優伸出手，把跪倒在有些髒亂的地板上的連擁入懷中。
……她在發抖。

「爸爸出了什麼事嗎？」

米蕾優摟住連的力道變得更強，顫抖也更加明顯。

「媽媽，有沒有什麼我能做的？」

「……沒有。」

「什麼都可以。只要我做得到——」

「沒有。我做不到、莉格婆婆也做不到。」

「——這話是什麼意思？」

方才沒把話聽完就打斷連的米蕾優，看著自己的兒子。

從她眼裡滑落的淚水，滴到了地上。

「……傍晚，莉格婆婆過來看狀況，發現爸爸的傷勢急轉直下。」

米蕾優打起精神為連說明。說是羅伊的傷勢突然惡化，現在是莉格婆婆把手邊所有貴重的藥草都拿出來用，才勉強保住羅伊一命。

不過，那種藥草大概今天晚上就會用完。

「夫人！去把我家的調合箱拿過來！只要問我老公就會知道，麻煩妳了！」

此時莉格婆婆探出頭來說道。

「你在房間裡安靜地待著，不要打擾莉格婆婆。」

神情悲痛的米蕾優，堅強地這麼說完後又抱了一下連，隨即衝出家門。

莉格婆婆回房間之後，連也不客氣地跟了進去。
儘管米蕾優應該是要連待在自己房間，但他實在不能不問清楚。
「莉格婆婆！妳需要的藥草，這附近有沒有長？」
「這附近已經找不到自然生長的了！以前在劍岩底下還有長，不過好像已經在十多年前的寒冬裡全滅啦！」
她回答的口氣和米蕾優不同，顯然是嫌煩。
正忙著救羅伊時卻有人出聲打擾，會不高興也是難免的吧。
（藥草的特徵是……）
連看向莉格婆婆還沒調合的藥草。
還好，那裡也擺了熬煮之前的藥草，所以看得出是哪一種。
這種近似五芒星的葉子相當特別，容易辨識。
（——藥草原來是指**隆德草**啊。）
所謂的隆德草，在七英雄傳說裡是一種非常普遍的藥草。
儘管這東西就算是鄉村出身的主角也能輕易買到，但是連所在的村子已經偏遠到不能說是鄉村，而是冒險者和商人都難得來一趟的邊境。
雖然這個村子也有些儲備，但數量似乎不夠。
（這東西我用過很多次，不可能看錯。）
莉格婆婆說隆德草全滅，連在親眼確認之前都不會把這句話當真。

所以，他沒空在這裡浪費時間了。

不過，也有些令人擔憂的點。

一來要在這種時間進森林，二來那隻魔物的威脅並未消失。

在這種狀況下，要走到劍岩那裡……會怕也是理所當然的。

（……現在是猶豫的時候嗎？）

如果自己什麼都不做，父親就會死。

連握緊拳頭，鼓起勇氣做出決定。

他沒有再對莉格婆婆多說什麼，就這麼離開羅伊的房間。此時，他從窗外發現在田間道路上奔跑的母親。

「……對不起，媽媽。」

連對母親的背影道歉，然後看向森林。他點點頭，把目光投向森林更深處。

接著他衝出家門，朝著應該就聳立在前方的劍岩奔去。

◇◇◇◇

——踏入森林後過了一會兒，蒼鬱茂密的樹木變少，路變得愈來愈寬敞。

幸好，目前為止都沒碰上小野豬。連和平常不同，渾身散發殺氣，所以小野豬都被嚇跑了。

連又往前走了數十分鐘。

（總算到了。）

穿過森林之後，抵達一片開闊的平地。

前方有個小湖泊，宛如逆向冰柱的大岩石——劍岩就坐鎮於湖泊中央的陸地。儘管夜幕已經籠罩這一帶，但是在滿天星辰照耀之下，意外地看得很清楚。

不過，該怎麼前往劍岩那邊呢？

劍岩底部雖然有地方可站，但是被水圍住了。

儘管湖沒有非常深，依舊超過了少年的身高。

這種深度，就算是成年人一樣坐船會比較好。

但是連想起了木魔劍的存在。他一劍揮下，樹根便構成一條通往劍岩的路。

通過這條臨時鋪出來的路之後，他環顧四周確認地面有沒有隆德草。

（果然沒有嗎……）

他嘗試追求渺茫的希望，但是就像莉格婆婆說的一樣，完全沒找到。

接著，連抬起頭打量幾乎呈直角的劍岩。他同樣揮下木魔劍，讓劍岩側面長出藤蔓。

「喔喔……好方便。」

順利往上爬的同時，他也讚嘆起身體能力ＵＰ（小）的偉大。

幸好，他不懼高也不擔心會滑。

如果是前世，想來不可能徒手攀爬約有十幾層樓高的劍岩。
對這點有自覺的連，途中停下來喘了口氣。
他找到一個看起來剛好能坐的地方，於是在那裡停下來休息，擦掉額前的汗水後往上看。
「那是——」
他看向更上面接近岩石頂部的位置，有了發現。
見到那些在星光下隨著夜風搖擺的葉子，連下意識地笑了。
「似乎還沒全滅喔，莉格婆婆。」
令人聯想到五芒星的葉子，在風中悠哉地晃動。
連打起精神，手自然地伸向藤蔓。攀爬速度比剛才更快，往前的步伐也更長。
儘管已經有些喘，但他並未停下腳步，繼續往上爬了數分鐘。
「——不會錯！是隆德草！」
隆德草還在，一叢叢依偎著劍岩頂部的平坦表面而生。
連不知道需要多少，但是這裡的量絕對不算少。
然而，他同時也發現了危險信號。
疑似野獸的骨頭，散落在距離隆德草不遠處。
連忍不住上前確認，發現那些都是小野豬的屍骨。散落的東西不止骨頭，星光也照亮了**不少珠寶飾品**。
「…………」

下意識緊握的拳頭冒出汗水。
小野豬爬不上劍岩。而且，也沒聽說過這一帶有會飛的魔物。再加上散落在附近的許多珠寶飾品。
……連腦中閃過某個魔物的名字。
（動作要快。）
他有種非常糟糕的預感。
於是連迅速採集隆德草，利用藤蔓爬下去。
很快就回到底部的連，冷靜地環顧周圍，然後用樹根當踏腳處渡水。
他勉強調勻不知不覺間亂掉的呼吸，走完樹根道路，這才擦了擦額前的汗。
（必須快點離開森林……）
著急的他，盡可能安靜地邁出步伐，就在此時。
『哼！』
『噗嚕……！』
『嘎——！』
三隻嚇壞的小野豬出現在連面前，往他衝過來。
「在這種時候……！」
害怕的小野豬直接撲向連，讓他有些困惑。小野豬帶來的聲響，則使他揮動木魔劍時相當焦躁。

當然，談不上什麼苦戰。
轉眼間就解決掉三隻魔物的連，看都不看屍體一眼就準備離開現場。可是……

『——』

夜風突然停了。
一個巨大的影子，隔著他落在方才還隨風搖晃的草叢上。
由於出現在背後，所以連只能看見月光照出的輪廓，但是已經認出之前都只用「那隻魔物」稱呼的東西究竟是什麼。
「……原來如此。小野豬一副害怕的樣子，是因為要逃離你啊。」
影子的頭部指向天際。影子上長出的四根尾巴不斷晃動，令人毛骨悚然。
「人家說的魔物，原來就是你啊——窮狼。」
連下定決心，轉過頭去。
出現在眼前的，正是連所說的魔物。
外觀看似有雪白毛皮的狼，四條尾巴、六個眼睛。身長相當於三個成年男性加在一起。
這種魔物有兩個重要特徵，其一是速度快得不尋常。

另一個是能靈活地運用風魔法，讓裹住身軀的風化為看不見的手，偷走對手的東西。當然，牠也會用風魔法攻擊。

出現機率在遊戲時代也很低，就算到破關都沒碰過也不足為奇。

（……雖然在發現劍岩上面有珠寶飾品的時候，我就想搞不好會是牠。）

竊狼擁有D級中位到上位的實力。

不過，牠並非普通的D級，而是被稱為特殊個體的稀有存在。若能打倒牠就會掉落稀有物品，所以很值得一試，不過……

「該死……！」

勝算太小了。連拚了命狂奔。

他一心只想著要離開這個地方，回到自己生長的村子。

『吼——————！』

刺耳的咆哮。

……剛剛的咆哮，和遊戲時代沒兩樣。

竊狼威嚇獵物時，就是這個聲音。

「呼……呼……！」

連完全沒有回頭，拚了命地驅策雙腿奔跑，感覺肌肉都要綳斷了。

然而，不過數十秒，強風就掃倒了兩側的樹木。

裹著旋風的竊狼從側面撲來。

「嗚──！」

連千鈞一髮之際躲開，卻也因此跌坐在地。

他正想起身時，看見竊狼停在前方的樹木旁，於是瞇起眼睛說道：

「對不起啦。我不會再靠近你的巢了。」

前所未見的巨狼──竊狼。

親眼目睹之後，才能體會到牠有多大。

白銀毛皮散發出來的莊嚴氣息、普通狼不可能有的四條尾巴，都帶來了強烈的壓迫感。

六隻眼睛全都盯著連，讓他的心臟不悅地狂跳。

「小野豬還在那邊吧？有牠們就夠了嘛。」

『…………』

他拔出木魔劍，將力氣集中到持劍的手裡。

儘管覺得應該沒什麼意義，連依舊為了讓自己平靜下來而繼續對竊狼說話。

相對地，竊狼那六隻深紅眼睛則是滴溜溜地打轉。牠靜靜踏出一步，背部微微拱起，張口露出利牙。

「──讓開。」

連以充滿敵意的眼神，看著始終沒離開的竊狼。

他沒時間奉陪。
和面對強敵相比，他更怕來不及拿藥草給爸爸。
『嘎嗚…………』
但是竊狼沒有理會他，反而發出帶著誇張吐息的威嚇聲。
於是，不規則的空氣流動圍住了連。
（風魔法——）
竊狼能夠利用風魔法，製造對手看不見的風臂。
連一發現對方出招，立刻旋身後退，然而臉上還是感受到一陣刺痛。他用手指滑過傷處，看見指尖被鮮血染紅。
他為竊狼的風魔法感到讚嘆，更在瞬間明白自己的處境。
（這不是我能應付的魔物——）
雖然不需要勉強戰鬥，但就算只是逃跑也極為困難。這點連心知肚明。
到頭來，還是非對付竊狼不可。就在他這麼想的時候。
（……竊狼的腳受傷了？）
連看見竊狼護住自己的前腳，注意到那隻腳上有一道很深的割傷。
他很快就明白，那是出自羅伊之手。
（爸爸有盡到身為騎士的責任。）
所以羅伊才能從竊狼腳下逃生。

竊狼沒立刻襲擊村子，看來也是因為受傷。

連原本因為緊張而全身僵硬，現在感覺消退了一點點。

（可是，牠不會輕易放過我。）

若是輕率地轉身逃跑，八成會送掉這條性命。

換句話說，只能試著用自然魔法干擾竊狼，盡可能在保持距離的情況下往村子移動，不過這同樣難如登天。

在這個離劍岩不遠的地方，恐怕很難像羅伊那樣逃出生天。

（就算要戰鬥，我的武器也只有木魔劍……靠這個怎麼打啊——）

可能是因為身陷絕境吧，連的腦袋遠比平常靈光。

他想起在七英雄傳說一代交手過的精靈。

那一戰的舞台也在森林裡。當初自己在玩的時候，不就因為環境和精靈的自然魔法干擾而陷入苦戰嗎？

不過，連的是自然魔法（**小**），所以只能利用樹根和藤蔓。

「就算是這樣……也不能放棄啊！」

『咕嚕？』

連用樹根和藤蔓短暫綁住竊狼的四肢，然後立刻衝上前去。他抓住唯一的機會舉起木魔劍，對準竊狼腦袋用力一敲。

「嗚～未免太硬了吧？」

竊狼的頭部比想像中還要硬，一陣強烈的衝擊竄過連的手。

另一方面，腦袋挨了一記木魔劍的竊狼，痛得發出『嘰———！』的叫聲，六隻眼睛裡滿是殺意。

然而連毫不畏懼，試圖追擊的他握緊了木魔劍……

「什麼……！」

結果木魔劍的劍身碎了，接著連劍柄也像霧一般消失無蹤。

此外，周圍的樹根、藤蔓也幾乎都在同時消滅。

（因為剛才那陣衝擊而碎掉了嗎……不過，碎掉只要重新召喚就好！）

這是用技能召喚出來的劍，想必做得到。

連像平常召喚那樣凝聚意識，輕而易舉地重新召喚出了木魔劍。

然而，他的頭閃過一陣痛楚。

（是因為……召喚損壞的魔劍嗎……）

魔力消耗遠非平常召喚所能相比。

而且，竊狼趁著木魔劍損壞的空隙試圖反擊，連想喘口氣都找不到機會。

『咕喔———！』

幸好，剛剛敲在腦袋上那一下的影響還在。

竊狼張開血盆大口，踩著稍稍不穩的腳步靠近連。牠的動作顯得有些遲鈍。

「嗚……」

連死命往旁邊一跳。

在地上這麼一滾的結果，嘴裡沾到了帶有濕氣的泥土，讓他感覺有點噁心。

他往旁邊隨口一吐，站起身來，在調節呼吸的同時舉起木魔劍。

（再用木魔劍往竊狼的腦袋敲一次——恐怕不怎麼實際。）

製造樹根和藤蔓也要花費不少魔力，把木魔劍當成消耗品不是個好主意。

就在連思考時，竊狼的風魔法逼近，他的結論依然是不行。

『咕嚕——嘎啊啊啊啊！』

遭到憤怒驅策的竊狼來到面前。

當然，連用木魔劍擋下了好幾次。

也不知持續了幾分鐘，已經耗費不少力氣的連，身體突然晃了一下。

『咕喔————！』

迅如疾風的竊狼，趁機往連毫無防備的側腹咬下去。

「咕啊……啊……！」

皮製防具完全不是對手，利牙輕鬆貫穿防護，咬在少年稚嫩的身軀上。

儘管連倉促間轉身躲掉了被撕成碎片的命運，側腹依舊血花四濺。

（該用藥草——不，不可以……！）

雖然已經痛得冷汗直冒，但連並不曉得藥草的量是否充足，因此他決定以羅伊為優先。

不過，要是連先倒下就完蛋了。

必須找到可以運用的手段……如果有能夠突破局面的力量……就在連伸手打算要擦掉額前汗水時——

他突然看見手環上的水晶。

然後想起自己傍晚回家時才確認過。

・木魔劍（等級1：97／100）

不止這個。

重要的是另一項。

・鐵魔劍（解放條件・魔劍召喚術等級2、木魔劍等級2）

只要再打倒三隻小野豬，並且讓手環吸收魔石的力量，就能解放鐵魔劍。

所需的小野豬，十幾分鐘之前就解決掉了。

只不過，當時沒空吸收魔石，所以連沒想到要實行這個念頭。

『嘎啊————————！』

令天空也為之搖晃的咆哮並沒有嚇倒連，他摀住發燙的側腹拚命奔跑。

「呼……呼……給我停……！」

連用大量藤蔓圍住腦袋還有些暈的竊狼，趁機往劍岩移動。
途中，他一再用同樣的方式攔阻竊狼。
魔力即將枯竭，嚴重出血令他視野模糊。

即使如此，他依舊拚命地挪動雙腿，最後終於看到了劍岩……周圍的湖。
確認到那三隻小野豬還在的連，擠出體內最後的力氣。
然後……到了。
連趕在被竊狼咬碎之前抵達小野豬所在地。
他伸出戴著手環的那隻手……
「啊啊啊啊啊啊啊啊啊啊！」
吶喊。
一顆、兩顆。手環吸完第三顆魔石的力量，嵌在上面的水晶發出微光。
連看向手環，找到自己的目標文字。

・鐵魔劍（等級1：0／1000）
　　鋒利程度隨等級提升。

沒看見特別的能力讓連十分焦躁，他只能祈禱鐵魔劍比尋常的劍更鋒利。

『咕喔…………』

連轉身擲出木魔劍。

木魔劍在即將撞上竊狼的額頭時被躲掉，落在四條尾巴後面。

『嘎啊————————————！』

凶猛的竊狼亮出利牙，撲向壓低身子的連。

牠舉起雙腳，星光照亮了腳上的爪子。

幾條藤蔓從落在竊狼背後的木魔劍上冒出來，綁住竊狼的上半身。

即使如此，那口利牙依舊充滿殺意。

「這就是我————」

連沒有示弱，而是用充滿鬥志的雙眼瞪回去。

於是木魔劍消失，連身旁原本沒東西的空間裂開，從中出現一把從劍柄到劍尖都是黑鐵的魔劍。

『！』

藤蔓也跟著不見，原本上半身被綁住的竊狼，因為突然獲得自由而困惑。

連抓住機會，握住鐵魔劍擺出下段架勢，劍尖朝上——

「最後的力量————啊啊啊啊！」

毫不畏懼地往利牙的後方刺過去。
劍尖從內側貫穿竊狼堅固的頭蓋骨，鮮血在夜風中滴落。
鐵魔劍通過之處，留下了些許藍白色劍光。
『嘎……啊……啊……』
白狼無力地呻吟。
魔物的六隻眼睛失去了光彩，靜靜闔眼、倒地。
同時，連感受到手環正在吸取魔石的力量。
「成功了……」
於是，連也跟著倒下。
視野模糊。眼前一切逐漸染上不輸給夜幕的黑。
儘管連想用鐵魔劍當柺杖撐起身子，但是倒下的身體不聽使喚。
鐵魔劍失去蹤影，手環也跟著消失。
趴倒在地的連，靜靜閉上眼睛。
——爸爸、媽媽，對不起。
在失去意識的前一刻，他輕聲呢喃。

◇ ◇ ◇ ◇

過不了幾分鐘，劍岩周圍便響起馬蹄聲。

「剛才的咆哮是從這裡——隊、隊長！」

「怎麼了！」

「在那邊的湖畔！發現疑似目標的魔物和……少、少年……嗎……？」

出現在此地的，是五名克勞賽爾男爵家的騎士。

他們來到連和竊狼屍體旁邊之後，紛紛下馬。

被稱為隊長的男子跪在地上，將連抱起來。

「……太好了。他還活著。」

然而，連還在流血。

注意到這件事的隊長，從懷裡掏出一個小瓶子，把瓶中液體倒在連的腹部上。液體發出淡淡的藍白光芒，攔住了溢出的鮮血。然而隊長大概是覺得還不夠，他拿劍割開連的衣服，用這些布條代替繃帶纏住連的腹部。

另一邊，其他騎士驚叫出聲。

「這不是竊狼嗎！」

「隊、隊長！是竊狼！那隻神祕的魔物好像是竊狼！」

聽到他們這麼說，隊長大吃一驚。

「……怎麼可能？竊狼不是小孩子能夠單獨討伐的魔物耶！」
然而他們也不能只是驚訝。認為必須盡快讓連接受治療的隊長，扛起了連準備將他放上馬。
此時，藥草從連的懷裡滑落。一名騎士看見之後，猜到了答案。
「隊長，該不會這名少年就是團長說的……」
隊長也恍然大悟。
「嗯，這孩子應該就是艾希頓家的獨生子。或許他父親發生什麼事，他才為了找隆德草一個人進森林吧。」
「既然如此，**我們提前趕來就值得了**。」
「看來是這樣——來個人幫忙搬竊狼的屍體！我們現在要帶這個孩子趕往艾希頓家！」
馬蹄聲再度響起。
聲響在向來安靜的村子裡迴盪。它慢慢地、慢慢地靠近艾希頓家。穿過森林、渡過吊橋、通過田間道路之後，就能看見那間屋子。
一會兒後，載著連的馬停在屋前。
「我們是來自克勞賽爾的騎士！有人在嗎！」
隊長下馬之後，小心翼翼地把連抱下來，並且這麼喊道。
聽到這個聲音，表情十分嚇人的米蕾優從屋裡走出來。
「你們是——連！」

「時間緊迫，容我省略問候！請帶我到這孩子的房間！」

「呃，好……！往這邊走！」

連被帶回自己房間後，騎士們便開始治療他。

騎士們表示，他們有學過怎麼治療戰鬥所受的傷。米蕾優因為會礙事而被趕出房間，只能呆呆站在走廊上。

此時隊長走來。

「恕我失禮，請問艾希頓兄弟是否出了什麼事？」

「……是的。我丈夫的傷勢突然惡化……」

隊長心想，果然如此。

他從懷裡拿出隆德草。

「這些隆德草，他當時很寶貝地放在身上。」

「……連，難道你……」

聽到這句話，米蕾優明白了一切，淚如雨下。

她幾乎當場就要跌坐在地，但是隊長一句話攔住了她。

「夫人，請別白費令公子的心意。」

米蕾優頓時驚醒。想到在房間裡接受治療的連，她咬緊嘴唇，轉身背對房門。

「連……媽媽很快就回來。」

留下這句話之後，她便前往需要隆德草的羅伊身邊。

六章 聖女來襲

某一天，先前被派往各個村落的騎士們，一同回到離連所在村子相當遠的都市克勞賽爾。

他們到了男爵宅邸後，立刻前往男爵所在的辦公室。

從艾希頓家所在村子回來的騎士，就在那裡報告神祕魔物是竊狼一事。聽到連獨力討伐竊狼成功的男爵和拜斯，不禁表示讚嘆。

「拜斯！我有聽說過連．艾希頓，原來他這麼厲害嗎！」

「確、確實是奇才。不過，沒想到他居然能獨力討伐竊狼……」

受到衝擊的兩人繼續聽報告。

騎士們表示，返回時保險起見，各村都留下了數名騎士。

眾人報告完畢後，男爵留下拜斯商量。

「……無論如何，必須獎勵艾希頓家才行啊。」

「屬下認為，可以免除他們今年的稅。此外，老爺找個適當的時間親自去鼓勵一下應該也不錯。」

「那麼獎勵就這麼辦吧——真是累人啊。話又說回來，接下來還得打探其他貴族那邊才行。這件事實在很可疑。」

「……是啊。竊狼這種魔物，原本不會出現在那一帶。」

拜斯點頭表示同意，男爵聽了往桌上一拍。

「哼！反正不是**英雄派**就是**皇族派**幹的！」

男爵這麼說完便站起身，粗魯地推開窗戶望向街景。

對於英雄派和皇族派這兩個詞，男爵沒有多談，但是臉上看得見怒意。一旁的拜斯臉色也不怎麼好看。

「也不能不提防。讓待在各村的騎士暫時駐留原處。」

男爵語氣嚴肅。

「是！我會聯絡他們，讓各村都留下兩三個騎士駐守。」

「就這麼辦……不過拜斯，看起來你該盡快找個時間去一趟艾希頓家的村子會比較好。」

「了解。詢問羅伊兄弟有沒有在村裡發現什麼異狀就行了對吧？」

「嗯。這項工作，我希望交給最可靠的你。」

「————屬下領命。」

拜斯接下任務，很快就離開了房間。

拜斯才走沒幾步，就看見背靠著走廊牆壁的莉希亞。

那優雅的站姿，完全配得上聖女之名。她抬頭看向走近的拜斯，開口說道：

「是真的嗎？」
「您是指哪件事？」
「你知道吧。和我同齡的孩子討伐了D級魔物——而且是竊狼。」
想來莉希亞已經從先一步離開的那些人口中聽說了。
她大概因此產生興趣了吧。
「看來是真的。若是那個少年就有可能，他是足以讓我這麼認為的奇才。」
「那麼，他真的比我強嗎？」
拜斯當場回答。
「毫無疑問。」
「這樣的話，讓我和他交手。」
莉希亞同樣毫不遲疑地往前站了一步。
「身為『白色聖女』，我不想輸給同齡的孩子。」
「……唉。大小姐，您應該知道這是強人所難。」
「嗯，我明白這讓你很為難。」
「既然明白，那我也誠實回答您吧。不可能。這裡到艾希頓家要花不少時間，加上竊狼一事，現在處於不能掉以輕心的狀況。」
「……」
「當然，正如大小姐所知，有我們護衛就不成問題。但是，我們不能只因為您想和人家交手就帶您過去。」

「嗯……這樣啊。」

拜斯當下以為，莉希亞會就此放棄。

證據就是莉希亞垂下了頭，雙手合十呈祈禱狀，顯得很脆弱。

但是，她很快就抬起了頭。拜斯看見一張惹人憐愛的俏臉，但是臉上帶有些許得意的笑容。

「畢竟是父親大人嘛。給艾希頓家的獎勵，應該是免除稅賦和父親大人的鼓勵對吧？不過父親大人很忙，你不覺得由我代替他跑一趟比較好嗎？」

心思全被看穿的拜斯，只能怪自己說錯話。

他這才想到，莉希亞除了與生俱來的劍術天賦之外，還是個學習速度快又努力的秀才。於是拜斯嘆了口氣，以手扶額。

「呵呵，我得去找父親大人才行。」

說完，莉希亞離開牆邊，背對拜斯邁開步伐。

拜斯當然緊跟在後。

「拜託您，今天可別再把當家老爺辯倒了。」

「講得真誇張。我呢，可沒有辯倒父親大人喔。我每次都只是找他商量而已，不是嗎？」

她優雅地回頭，臉上依舊掛著動人的微笑。

◇　◇　◇　◇

又過了些時日。

竊狼騷動已是將近兩個月前的事，季節即將邁入秋天。

在這個克勞賽爾男爵領各地開始準備過冬的時候，連一個人拿著麻袋來到劍岩頂部。

受到陽光誘惑的他，忍不住想小睡一下。

連在劍岩頂部躺成大字，沐浴在已經有些寒意的風中。

「……睡著了。」

連彷彿想起什麼似的醒來，用手遮住打呵欠的嘴。

此時，戴在手上的魔劍召喚手環映入眼裡。

連以惺忪睡眼看著嵌在手環上的水晶，裡頭映出經過竊狼戰之後成長的力量。

連前兩天合計獵了二十隻小野豬。

比對諸多情報後，可以算出從竊狼身上得到的熟練度。

也就是「80」。

魔劍召喚術和魔劍，都獲得了同樣數值的熟練度。

「和魔物戰鬥得到的熟練度，和從魔石吸收的熟練度，果然是同一種嗎？」

不過，想來兩者不會是同樣的數字。畢竟像「與魔物以外的對手訓練」這種不會吸收魔石力

[NAME]

連・艾希頓

[職業] 艾希頓家　長男

【技能】

■魔劍召喚　Lv.1　0／0

■魔劍召喚術　Lv.2　869／1500

透過使用召喚出來的魔劍獲得熟練度

等級 1：可以召喚「一把」魔劍。

等級 2：手環召喚期間，得到「身體能力ＵＰ(小)」的效果。

等級 3：可以召喚「兩把」魔劍。

等級 4：＊＊＊＊＊＊＊＊＊＊＊＊＊＊＊＊＊＊＊＊＊＊＊。

【已習得魔劍】

■木魔劍　Lv.2　100／1000

可以進行相當於自然魔法（小）的攻擊。

攻擊範圍會隨著等級上升擴大。

■鐵魔劍　Lv.1　100／1000

鋒利程度隨等級提升。

■盜賊魔劍　Lv.1　0／3

一定機率隨機搶走攻擊對象的物品。

量的情況，就只有魔劍召喚術會得到熟練度。

重新確認許多事之後，連看向可說是本回重點的文字。

——「盜賊魔劍」。

按照推測，應該是從竊狼魔石得到的魔劍。

藉由達成特殊條件增加魔劍種類……這是魔劍召喚的基本情報之一，這回似乎是達成了。

以後也能從特殊個體的魔石取得新魔劍嗎？連一邊思考這些，一邊讓腰間的木魔劍消失，改為召喚盜賊魔劍。

「與其說是劍，不如說是只有手指部分的鎧甲呢～」

使用盜賊魔劍時，看起來就像穿戴銀色的護手。

連將它裝備在食指上，用那隻手往附近的小野豬骨頭一揮。

然而，看起來什麼事也沒發生。

連改成對附近正在飛行的小鳥揮手，這回有一陣風出現在他手邊，然後吹在小鳥身上。

小鳥被風一吹不曉得飛去哪裡，但是連手裡出現了小鳥的羽毛。

（大概是只能對生物發揮效果吧。）

所以，隨便揮舞也毫無意義。

此外，盜賊魔劍用一次就會消耗不少魔力，沒辦法多用。

（至於其他令人在意的部分……）

盜賊魔劍升級所需的熟練度雖然非常少，卻沒辦法從小野豬的魔石獲得。

因此，連有了兩種猜測。

盜賊魔劍要獲得熟練度，魔石需要來自強度在一定水準之上的魔物，不然就是同樣來自竊狼……就這兩種。

連特別支持第二種假設。

因為下一級所需熟練度極端地少，考慮到碰上竊狼的機率之後，就會覺得似乎也沒什麼好奇怪的。

……想了這麼多之後，連決定起身。

他之所以會來到劍岩頂，是要回收竊狼存下來的珠寶飾品，絕對不是為了打盹。

重新確認了來意的連，開始將散落在周邊的珠寶飾品塞進麻袋裡。

（像這樣收集戰利品還真新鮮呢。）

遊戲時代在戰鬥結束之後，就能透過遊戲系統取得物品。但在遊戲世界成為現實的此刻，並不存在那種系統。所以魔物藏起來的東西要這樣取得，不過感覺很新鮮。

和把討伐的小野豬帶回家時，又有一番截然不同的滋味。

不過，實際上掉在這裡的東西，全都算不上什麼好貨。竊狼掉落的物品裡頭，只有特殊的武器或防具是中獎，珠寶飾品等用來換錢的物品都等於落空。

話雖如此，卻不需要悲觀。先前一直藏起來的魔劍召喚手環，從今天開始就能光明正大宣稱是撿到的。而且把剩下的珠寶飾品賣掉，應該可以對連住的村子有點貢獻。

……不過，珠寶飾品裡沒有手環。

即使如此也無妨，只要宣稱平常偷偷戴著的魔劍召喚手環是這次找到的就好。

連這麼告訴自己。

「嗯？」

連突然有些疑惑。

那堆原本以為只有珠寶飾品的玩意兒裡，混了一個**異樣的東西**。

連拿起來一看，發現是約有他頭那麼大的水晶球，而且整顆水晶球染上濃濃的藍色，令人聯想到藍寶石。

內部有宛如藍色閃電的光，還有藍色的霧氣晃動。

「這是……」

連看著這樣實在不像普通寶石的戰利品，心想這可能是自己所知的物品。

不過，就在他要進一步思索時。

『連兄弟～！』

遠處傳來騎士的聲音。

聽到這聲呼喊，連急忙把東西全裝進手裡的麻袋。

然後抓著用木魔劍製造的藤蔓爬下劍岩，再利用樹根渡過湖面，此時馬蹄聲已經接近。連才剛讓藤蔓和樹根消失，騎士便出現在眼前。

「連兄弟！不是說過很多次了嗎，要進森林時記得喊我們一聲啊！」

「啊哈哈……抱歉。因為我覺得已經沒關係了。」

「真是的……那一晚到現在也沒多久，拜託你別逞強啦。」

（……確實，只過了兩個月。）

那天晚上，幸虧男爵的增援提早趕到，連才幸運地保住一命。

然而傷口深達內臟，他花了好幾天才恢復意識。

不過大概是騎士帶來的藥有效，加上連自己生命力夠強，經過復健，他在短短時間之內就恢復到能和以前一樣活動了。

拖了這麼久才來回收劍岩頂部的珠寶飾品，理由也在於此。

由於都是高價物品，所以連原本也考慮過要拜託留在村裡的騎士們回收，然而騎士們因為竊狼一案忙得不可開交，他想拜託人家也開不了口。

「然後，連兄弟。為什麼你要特地跑來劍岩？」

「其實我是來找東西的。」

這麼回答後，連打開手裡的麻袋，展示裡面的東西。

「喔、喔喔！這些該不會——」

「和你猜的一樣，都是竊狼藏起來的寶物。基本上我想賣掉它們，把錢用在這個村子上，這樣沒問題嗎？那個……我怕會有很多麻煩，像是稅金之類的。」

「應該沒問題吧。畢竟討伐魔物所得到的寶物，所有權會歸於討伐者。然而，連兄弟是基於艾希頓家的責任『保護村子』而討伐，所以照理說該繳稅，不過這回應該會免除吧。」

因為今年已經確定不徵收連這個村子的稅賦，當成討伐竊狼的報酬。

「連兄弟託我們賣掉的竊狼素材也一樣。那些雖然是由當家老爺買下，不過聽說收購價格會比市價還要高一些。」

「真的嗎？感覺會拿到不少錢耶。」

「是啊。竊狼素材不適合製作裝備，但是能當**藥材**，所以很貴重。因此，往後十幾年你應該都不會缺錢了吧。」

「喔～真棒！」

「何況羅伊兄弟大概得再躺一陣子，手頭寬裕一點應該比較能讓你安心。」

沒錯，免稅也和這點有關。

「本人說已經能動了，不過往上半身戳一下他就會痛到受不了喔。」

「你、你還真狠啊。」

「這點程度差不多啦。要不然，我家老爸會擅自宣布康復。」

聽到連有些無奈的回答，騎士笑了出來。

「艾希頓家的繼承人真可靠。好啦，那我們回村子吧。今天要獵的份我們已經獵夠了，請放心。」

「真是抱歉————那麼，我就恭敬不如從命了。」

連帶著歉意這麼說完，便在騎士的催促下共乘一匹馬回村。

◇◇◇◇

抵達自家的連回到房間，把麻袋放在沒什麼彈性的沙發上。

麻袋裡的珠寶飾品基本上要賣掉，但是那個混在裡頭的寶物就另當別論。

連從麻袋裡拿出藍色球體，放到沙發旁的桌上。

「果然……不會錯。」

藍色寶珠裡面宛如藍色雷電的光，以及藍色霧氣。

再次確認眼前這個存在感十足的東西後，連肯定這就是自己所知的稀有物品。

「————**瑟拉奇亞的蒼珠**。」

七英雄傳說尚未成為連的現實，還只是遊戲時。

討伐竊狼後掉落的稀有物品裡，有個讓眾多玩家熱中於尋找利用方法的物品。

就是這玩意兒，瑟拉奇亞的蒼珠。

這是竊狼掉落物裡面機率最低、最為稀有的東西。
在遊戲時代，將設定了魔獸師（Beast Tamer）這項技能的主角等級練滿，會解放物品的說明欄，能夠看見一段意味深長的文字。

『看來這好像是顆蛋。疑似蛋殼的表面硬到任何名劍都不管用，觸摸時能感受到它蘊藏非常強大的力量。**如果獻上龐大的魔力與偉大之龍的角，或許能夠讓蛋孵化**。理論上，牠誕生後對主人絕對忠誠。』

讀完這段說明的玩家們，會聯想到存在於遊戲設定中的某種魔物。
在七英雄討伐魔王以前與魔王為敵的魔物……遊戲設定資料集有一段關於牠的記載。
情報指出，這種魔物擁有絕對性的冰與黑暗之力，讓魔王感到相當棘手。
物品名稱的「瑟拉奇亞」，好像是指這種魔物棲息的絕對零度大地。
「……這東西該怎麼辦啊？」
把它留在手邊，或者賣掉。
若是賣掉，能夠換來非常誇張的財富。
不過，光是其他珠寶飾品，已經確定能進帳一筆不小的金額。
考慮到村子的將來，資金是多多益善。但如果真的會有強大魔物誕生，連就會想避免把它交到別人手裡。

一來據說誕生的魔物會對主人絕對忠誠，二來連希望能避免魔物逞凶。丟掉不列入考慮，至於說明欄那種誇張硬度是真的，所以想破壞也很難。

「……總而言之，只能先擺在手邊了吧。」

不過，總覺得要讓牠孵化很難。

孵化需要「偉大之龍的角」這項物品，但是這東西從入手方法到長什麼樣子都沒人知道。

因此在遊戲時代，儘管瑟拉奇亞蒼珠非常稀有，卻也只能拿去換錢。

接下來連走向父母的房間。

連打算告訴羅伊和米蕾優，自己從竊狼那邊得到珠寶飾品的事，不過他們好像已經從騎士口中聽到了。

「財寶的事我聽說啦！這是大功一件啊！聽說由於男爵大人的體恤，這筆收入不需要繳稅？」

「好像是耶。因為這樣，房子應該也能整修了，真的是幫了個大忙。」

「連還是老樣子啊……你難道就沒有『我想換一套豪華的裝備！』或者『我想去技能鑑定！』之類的念頭嗎？」

兩者都完全沒有。

要是雙親擅自安排這種計畫，連反而會氣得幾天不和他們說話。

「我倒比較想多訂些藥草，儲備的已經用完了。」

「喂喂喂！這可是你好不容易弄到的寶物，你可以奢侈一下，提一些自己的要求啊？」
「對啊！連你有這份心我們也很高興，但這些是你拚了命贏回來的……！」
「謝謝你們。不過，這不是我一個人的功勞。」
羅伊先造成重傷，連才有辦法打倒竊狼，這也是事實。
然而，連這番話讓羅伊和米蕾優覺得過意不去。
（我是真的想把錢花在房子和村子上耶。）
即使如此，雙親還是把連放在第一，所以猶豫不決。
不希望出現這種氣氛的連，決定把手臂亮給雙親看。上頭戴著魔劍召喚手環。
「那麼，我拿走這個手環可以嗎？這也是竊狼蒐集的，不過我很喜歡。」
「當然可以！不過，你沒有其他想要的東西嗎？」
「不必只挑一個，如果還有其他中意的就說吧？」
「呃……啊，既然如此——！」
連原本還煩惱該怎麼和雙親商量，這個機會倒是來得剛剛好。
他佯裝不知瑟拉奇亞的蒼珠是什麼東西，告訴父母「看到漂亮的石頭很想要」。
兩人欣然答應，滿足了連的願望。
「我已經拿夠了，剩下的就請你們用在房子和村子嘍。」
連再次強調，他的雙親無奈地笑了笑。

◇◇◇◇

隔天午後，連拿著訓練用木劍來到庭院。他將盜賊魔劍戴在持劍手的手指上，然後開始鍛鍊。

盜賊魔劍對非生物沒有效果，所以他把目標放在那些偶爾會飛來的小鳥。

這麼做的理由，當然是為了練習使用盜賊魔劍。

（就是這個缺點麻煩啊。）

基本上，只要召喚手環，就能得到身體能力ＵＰ（小）的恩惠。

但是連現在還只能召喚一把魔劍，如果要發動盜賊魔劍的效果，就得放棄使用木魔劍，自然魔法（小）也必須放棄。

雖然只要提升魔劍召喚術的等級就能同時召喚兩把，不過那是以後的事。

（……算了，小野豬就算不用木魔劍也沒關係吧。）

艾希頓家也有用金屬打造的普通劍，只要從裡面挑把小的帶進森林就好。

就在他這麼想的時候——

一個乾淨悅耳的聲音，隨著花香到來。

「——你就是連．艾希頓？」

聲音從連的背後響起。

源自屋子周圍還沒修理完的老舊柵欄旁。

（那個女孩是——）

美麗、動人。

一名外表突出到會讓人以為是妖精或女神的少女，就站在連的眼前。

目光被少女吸引的同時，連想到兩件事。村裡沒有這種女孩。還有，感覺好像在哪裡見過她……

「嗯……我就是連．艾希頓沒錯。」

儘管思緒還沒整理好，連依舊報上了名字。

少女優雅地走來，一頭令人聯想到絲綢的秀髮隨秋風飄揚。連的腦海裡閃過了「行如百合」這句話。

身上洋裝也和少女相得益彰，此情此景美得令人屏息。

「太好了。我早就想見你一面。」

「見我……？」

「對。最近，我滿腦子都是你的事。」

聽到她熱情如火的話語，讓連更加困惑。

少女一步步走近，連的目光始終沒有從她身上移開。不，碰上這股彷彿不允許別人挪開目光

的魅力，連只能佇立原地。
「傷好了嗎？」
「嗯，才剛康復。」
聽到這句話，少女瞇起眼睛，微微一笑。
接著她把手伸到背後，拿出一把短劍丟到連的眼前。
連疑惑地看著少女，發現她手裡拿著另一把幾乎一樣的短劍。

『慢著，少年——！那把——不可以——！』

突然，遠方傳來一個耳熟的聲音。
連轉頭看去，發現拜斯正騎著馬趕來。距離太遠，所以他的聲音聽不太清楚，不過真要說起來，連比較納悶的是他為什麼會出現在這個村子裡。
（總而言之先等他吧。）
這麼想的連就地蹲下，拿起少女扔到腳邊的短劍。
仔細一看，才發現這把短劍沒開鋒。
「真勇敢。人家都阻止你了還把劍撿起來，還是說你很有自信？」
「……嗯？」
「開始的信號由我來，行嗎？」

「呃——好？」

連這個「好」帶有疑問，然而少女聽起來代表肯定。

少女得到答覆之後——

「——那麼，開始吧。」

舉起手中短劍，臉上浮現發自內心的喜悅。

接著，少女俐落地踏出一步，眨眼間就拉近了彼此的距離。

步法精湛，迅捷如風。

當然，突如其來的戰鬥，讓連十分困惑。

然而，少女並未理會連的困惑，手上短劍瞄準連的肩膀。

（——快是快。）

卻沒有羅伊那麼快。威力想來也不如。

但是連從未見過這麼犀利又流暢的劍術，這讓他想起先前和拜斯的訓練。

連在短短一瞬間看穿了對手的招式。

「既然要模擬戰，我覺得用木劍比較安全就是了——！」

儘管慢了一拍，他依舊輕而易舉地架開了少女的劍

少女退後數步，端正的五官滿是驚嘆。

「呵呵……！厲害！有生以來我還是第一次這麼開心！」
落入劣勢的少女仍然無所畏懼，沒有半句洩氣話。
一會兒後她拉開距離，手伸向穿著的洋裝。
看在眼裡的連，很快就懷疑起自己的眼睛。
……因為少女把洋裝脫掉了。
「咦？」
但是她並未脫到只剩貼身衣物。洋裝之下是一身輕便服裝，款式令人聯想到以白色為基底的軍服。
（那身衣服，我好像見過。）
他正要回想線索，少女卻毫不留情地逼近。
不知是因為活動方便，或者意識有了變化，動作比剛才更快、更犀利。
「這招怎麼樣！」
這一劍乾淨俐落，實在不像稚齡少女使出來的劍。
「呃，不怎麼樣！」
然而比不上連。
心想差不多該分個勝負的連加重了手上力道，要改用不同應對方式讓少女失去平衡。
「騙人……！」
被劍上力道壓制的少女，重心偏向其中一隻腳。

她的身子不斷往後倒，連的劍卻持續施壓，逼得她坐倒在地。
最後，少女徹底敗給連的力氣，整個人躺在地上。

「——我贏了。」

原本在連手上的短劍，此刻就插在少女臉旁的地上。
被連騎在身上，手臂也使不上力。面對連俯視自己的堅定眼眸，以及他沒道理的強度，少女沉默不語。
然而數秒過後，少女的臉微微泛紅。
「…………近了。」
「？」
「所、所以說……！我的意思是你太近了啦！」
連趕緊起身，和少女保持距離。
「抱、抱歉！畢竟狀況來得突然，我只想著讓妳認輸，一不小心就！」
沒有別的理由。
少女看來也明白，但她似乎無法抑制自己的羞怯。
連的目光，不由得落在她染得通紅的臉上。
「～～！居、居然害我這麼丟臉，我一定會讓你後悔！」

少女猛然起身，羞憤地含著眼淚揮劍。
儘管動作依然乾淨俐落，卻混了些焦躁。
「咦，還要打啊？」
「當然啊！我又沒認輸！」
「————太、太不講理了吧。」
無論如何，連沒打算繼續奉陪。
因為他怕弄傷少女。
所以才想趕快結束的……
「大小姐，到此為止！少年也麻煩停手！」
就在連猶豫接下來該怎麼辦時，拜斯的聲音終於傳來。
聽到這一喊，連冷靜地詢問拜斯。
「拜斯大人，您怎麼會在這裡？」
「嗯……突然來訪真是抱歉。其實啊————」
「拜斯，我來說明。」
「……遵命。」
少女走上前來，停在距離連數步的位置。
然後行了個屈膝禮。
儘管此刻身上並非方才脫掉的洋裝，而是一身令人聯想到軍服的裝扮，這個屈膝禮卻讓人感受到她的氣質與高潔。
少女的身段舉止，讓她周圍閃耀得宛如社交派對的會場。
面對絕世容貌所展現的微笑，連不由得看呆了。
「我擔任父親大人的代理人，送信來艾希頓家。」
連聽到之後，冷汗流過頸項。
從她這句話聽來，該不會——不祥的預感湧現。
「關於討伐竊狼一事，除了對艾希頓家表示讚賞之外，也非常期待連‧艾希頓將來的表現——父親大人是這麼說的。」
「啊、是……不敢當……」
看見連態度曖昧，少女顯得有些不悅。
「這什麼反應啊，你難道不高興嗎？」
「大小姐，少年應該是感到困惑吧。更何況，大小姐您還沒報上名號。」
「唉呀，這麼說也對。」
少女輕咳一聲，端正站姿。
為了以優雅的笑容說出那個名字。
「我叫莉希亞‧克勞賽爾——『白色聖女』。」

你應該聽說過我吧？

她就像要追擊愣住的連一般詢問。

被這麼一問，連表情僵硬地點點頭，在確認莉希亞心滿意足之後仰望天空。

他的眼睛，望向無限遙遠的彼方。

「大小姐，您的衣服。」

就在不遠處，拜斯拿著莉希亞脫掉的洋裝說道。

「身上有汗，晚點再說。」

「了解。話又說回來，大小姐，大家在森林裡休息，您居然趁著我離席的空席一個人跑來，這麼做不可取喔。」

「拜斯你們休息太久了嘛，所以我才一個人騎馬過來啊。」

和大吃一驚的連不一樣，兩人倒是氣定神閒地聊開了。

旁邊啞口無言的連心想。

（完全搞不懂……怎麼會有這種事。）

沒想到莉希亞突然跑來。

不久前自己還在想要怎麼避開她，這一連串發展讓連只能感到震驚。

◇◇◇◇

連將莉希亞和拜斯領進自家後，羅伊和米蕾優慌慌張張地說要招待兩人。然而羅伊不能亂動，所以他只在自己療養的房間向拜斯報告近況。

但是，莉希亞並未留在那個房間。

她毫不客氣地找上連，表示想在客廳和連聊一聊。

「欸，你覺得我為什麼會來這個村子？」

一坐到客廳那張老舊的沙發上，莉希亞就盯著坐在對面的連問道。

這張沙發，光是因為有她坐在上面，看起來就成了出自名匠的逸品。

「我想您剛剛說過是帶著男爵大人的信前來。」

和剛見面時不一樣，連為了和主君千金交談而換了個口吻。

「很遺憾，那是藉口。」

說完，少女露出好勝的笑容。

——白色聖女，莉希亞·克勞賽爾。

七英雄傳說裡沒加入主角團隊，但會在事件戰鬥出場助陣的她，實力相當強大，唯有等級提升過的主角能一較高下。

（……難怪外貌這麼突出。）

此外，莉希亞出眾的外貌與為人，迷倒了許多男性玩家。連還記得，當初她受歡迎的程度，就算放諸全遊戲角色也是頂級。
不過她無法與主角成為情侶，是有名的「無法攻略的女主角」。
「既然是藉口，就代表另有目的。」
「嗯，當然。」
莉希亞點點頭，興高采烈地繼續說下去。
「拜斯對你的實力讚譽有加，我想親眼見證一下，明明和我同齡卻能獨力打倒竊狼的你，究竟有多強。」
「看來拜斯大人給的評價太高了。竊狼是因為家父先傷了牠，不能全都歸功於我……歸功於在下的實力。」
「……呵呵，真奇怪。」
莉希亞露出挑釁的笑容，略微探出上半身。
「你剛剛這番說法，像是不願意被我看上。雖然聽起來很謙虛，但真的只是這樣嗎？」
（……直覺真敏銳啊。）
連沒有回答，面露苦笑。
但是，連會這麼回應也是難免。
連轉生之後沒多久，就決定過和平的生活，一直盡可能避免步上與七英雄傳說一樣的未來。
避開莉希亞更是其中關鍵的部分，自然不能在這時候被她看上。
不過，彼此的關係是貴族與騎士，無法完全切割。

那麼，只能盡量別和她建立什麼交情。

「不過，就算討厭也無所謂。」

「——咦？」

「你有沒有興趣來城裡（克勞賽爾）？」

她先拋出這句話，然後解釋自己的用意。

「經過剛剛那次交手，我可以肯定，你不僅很強也很有勇氣。即使人家突然找上門要求比試，你也毫不畏懼地拿起了劍，這就是證據。」

連讓莉希亞讚賞的地方不止實力，也包括人格。

（原來那是要求比試啊……）

撿起人家丟過來的劍，大概就是接受的意思吧。

「我原先不知道那是比試要求，所以和有沒有勇氣無關。」

「呵呵，不用謙虛沒關係。」

「呃，並不是這樣……」

「我知道，你和那些只有一張嘴的貴族男性不一樣。」

在自身股價因誤會而上漲的情況下，連明白自己說什麼都沒用。

「——既然如此，希望你務必來克勞賽爾一趟。」

實際上，連至今都是低調地努力。
他有戰力比同齡孩子都要強的自覺，在學問方面也敢說自己一直努力不懈。
但是，他不喜歡炫耀。
這次雖然有些誤解，不過莉希亞應該已經弄清楚連這種個性了吧。
（這個女孩應該很努力吧。）
畢竟莉希亞特地花費時間來到這種邊境。
即使隱約看得出她個性強勢，但源頭毫無疑問是上進心。
「更何況，我這人不喜歡服輸。一直輸給你可沒辦法回去。」
「咦？您剛剛不是沒認輸嗎？」
「修辭罷了。」
「喔……總而言之，就是為了隨時都能和我比試，希望我去城裡。」
「太好了，看來你能夠理解我的想法。」
「可是很抱歉，我並不打算離開這個村子。」
莉希亞頓時驚訝地瞪大眼睛，不過很快就恢復了原有的威嚴。
「……哼，你果然討厭我啊？」
不想和妳扯上關係是真的。
然而，連除了遊戲的故事之外，也有其他擔心的部分。
「並非如此。一旦我離開這個村子，能戰鬥的人就只剩下我爸爸。要是又出現竊狼那樣的魔物，村子可能真的要完蛋。」

「理由我明白了，不過你自己是怎麼想的？」

「這話是指不考慮村子嗎？」

「對。」

「就算不考慮村子的事，我也沒打算離開。我很中意村裡的生活，從沒想過要特地搬去都會。」

聽到連的回答，莉希亞默不作聲。

一會兒後，她抱著手臂，手指抵在唇上陷入沉思。

「——我絕對不會放棄。」

「那個，您剛剛——」

「別在意。只是自言自語。」

「我好像聽到絕對不會放棄什麼的……」

「沒有，你聽錯了。」

儘管連顯然沒說錯，莉希亞卻不肯再談這件事。

堅決否認的她突然起身——

「抱歉，剛剛那場比試讓我流了一身汗，我想借用浴室。柴火錢我會付。」

然後若無其事地轉換話題。

「柴火不用在意，因為熱水已經燒好了。」

「唉呀，平常就有燒熱水？該不會你們這裡有魔道具？」

（魔道具……對喔，這世界好像還有這種東西。）

所謂魔道具，就是以魔力驅動的便利物品。

從可以隨身攜帶的小玩意兒到巨大的設置型都有，種類繁多。

基本上，不是將魔石加工成燃料，就是以使用者的魔力運作。七英雄傳說裡頭魔石能拿來換錢，原因就在這裡。

不過，魔道具基本上價格昂貴，因為能製作的工匠不多。

「魔道具很貴，我們家買不起啦。燒熱水是因為我要出門打獵，所以會為了把汗水和魔物的血沖掉而提前燒水。」

連一邊說一邊帶路。

米蕾優每天都會仔細打掃這棟屋子的洗手間和浴室，所以地方雖然舊了點卻很乾淨。

帶完路後，莉希亞並沒有表現出不滿，於是連鬆了口氣，轉身準備離開。

「下次，我會從家裡拿適合的魔道具過來。」

「那還真是感激不——嗯嗯？下次？」

「……我說啊，雖然不該對幫忙帶路的人講這種話，可是那個……你一直站在那裡，我沒辦法脫衣服。」

儘管很想問清楚這番理所當然的言論之前那句話是什麼意思，但是讓人誤會可就糟了，因此連只能離開現場。

◇　◇　◇　◇

這天晚餐在莉希亞的提議下，她和艾希頓家的三人同桌，一邊用餐一邊閒聊。

但是，連一吃完就逃跑似的立刻離席。

儘管顯得有點失禮，不過連搬出了「要照料莉希亞他們騎來的馬」這個有模有樣的藉口。

然而，莉希亞跟著連走到屋外。

「所……所謂的餐後運動嗎？」

「聰明。既然你知道，那就好辦了。」

知道也是理所當然。

因為莉希亞身上不是洋裝，而是那身令人聯想到軍服的白衣。

「這、這種時間弄得滿身大汗應該不太好……！」

「不用在意。要是睡前不洗個澡，我會睡不好。」

展現純真笑容的莉希亞，在月光映照下顯得十分夢幻。

然而，她一像白天那樣把劍丟過來，就讓人想把目光從那動人的笑靨上移開。

「唔——對了！大小姐，拜斯大人會生氣，還是別這麼做比較好吧？」

「很可惜。我已經得到拜斯的許可了，不成問題。而且也問過你的父母嘍。」

「怎、怎麼會這樣——！」

那個騎士團長居然被說動了嗎！

不過，對於父母那邊，連實在是沒轍。畢竟主君的千金開口要求，對他們來說等於沒得拒絕吧。

但是連靈光一閃。

（等等，只要我不拿劍就好了吧？）

這麼一來戰鬥便不會成立。

就在他鬆了口氣時……

「如果你不拿劍，停留的時間就會比預定久。」

「……其實我正好想運動一下呢。」

靈光一閃當場被推翻，連只能露出尷尬的笑容這麼說道。

「真不可思議，我有點不高興了……你為何這麼排斥我啊？」

（哪可能告訴妳啊？）

連乾笑以對，讓莉希亞眉毛動了動。

不過，看見連把劍拿起來之後，她似乎沒那麼生氣了。

「聽好，要是我贏了，就把理由告訴我。還有，我會要你來克勞賽爾，做好心理準備吧。」

「順帶一問，要是我贏了會怎麼樣？」

聽到連詢問，莉希亞瞇起眼睛說道：

「到時候——我就改天再來這個村子！」

明白不管怎麼樣都要輸的連，眼裡失去了光彩。
他愣在原地，握劍的手顯得虛弱無力。
相較之下，莉希亞則是奮勇上前。
儘管感覺上是莉希亞完全抓到對手破綻，她揮下的劍卻被連輕鬆擋住。
「為──為什麼擋得住呀！你明明沒出什麼力氣！」
「呃，就算妳這麼說也……」
除了原本的實力差距之外，還要加上連已經習慣莉希亞的動作和走位。
儘管先前只交手過一次，但是第二次交手的此刻，他已經能用更有效率的方式接下攻擊。
（贏不了我也沒關係吧！）
她是個很上進的人，這點連非常清楚。
對於連來說，麻煩在於她好勝心很強。
不過，從她的實力看來，故意輸掉絕對會穿幫，而且一定會惹火她。
要是這麼做，恐怕她會一氣之下把連綁去克勞賽爾。
「妳為何就這麼想贏我啊！」
「先前說過了吧！我這人個性不服輸！而且身為『白色聖女』，我不想輸給同齡的男生！」
在劍刃相交的同時，兩人持續對話。
「我不懂這和『白色聖女』有什麼關係！」
「『白色聖女』讓我在劍的適性和體能上得天獨厚！還可以使用神聖魔法，結果我卻輸了，這不是讓人非常、非～常不甘心嗎！」

說穿了，就等於是劍術、身體能力UP、神聖魔法三合一的技能。

其中神聖魔法特別強勢，除了能夠施展治傷的白魔法，還兼顧了用來對付不死生物、解咒、解毒的聖魔法。神聖魔法還有其他獨特能力，加上可以強化自己和隊友，所以有莉希亞參加的事件戰鬥，往往特別簡單。

「接下來我要認真了！絕對會打倒你！」

莉希亞的動作變了。

她身上閃過一陣耀眼的光芒，接著速度變快了。劍上傳來的力道也判若兩人。

（神聖魔法嗎……！）

這是主神艾爾芬的庇佑，和身體能力UP是不一樣的東西，所以會同時生效。

（這麼一來可就棘手了。）

連臉色一變。

「這招剛剛拿出來用不就好了嗎！」

「我知道啊！可是，沒得到拜斯許可就用，會惹他生氣的！」

也就是說，這次有得到許可。

（也太寵大小姐了吧！）

連眉頭一皺，嘴裡嘀咕著：「既然如此……」然後握緊手裡的劍。他的雙眸炯炯有神，令逐漸占據上風的莉希亞十分驚訝。

於是——

「……騙人。」

最後的較量，就在剎那間結束了。

當莉希亞注意到時，連已經來到眼前。等不及她回劍防禦，連的劍已經抵在她的脖子上。

「我贏了。」

他緊盯著莉希亞這麼說道。兩人的距離近到足以感受彼此的氣息，近到能一根一根地數清對方的睫毛。

「……人家才沒輸。」

也不知是緊張，還是害羞。

莉希亞微微顫抖，眼角泛淚，語氣微弱。

至於連這邊，則是覺得自己的臉都要抽筋了。

（不……不服輸也該有個限度吧。）

到頭來，連只能收劍拉開距離。

這回莉希亞沒有趁機追擊，看來還在為自己短短一瞬間就落敗感到震驚。

此時，鼓掌的聲音響起。

帶著數名騎士的拜斯，隨著掌聲出現。

「居然能徹底擊敗用上神聖魔法的大小姐。真不愧是年紀小小就能單獨討伐竊狼的英雄。」

「我們都很吃驚喔！」

「嗯！或許將來會成為轟動雷歐梅爾的騎士呢！」

騎士們驚嘆過後——

「所以我就說了吧？連兄弟真的很強。」

最近駐守在這個村子的騎士愉快地說道。

接著拜斯又重複了一遍。

「抱歉啊，少年。就像這些人說的，你很強。我希望也能讓大小姐明白你到底有多強。」

艾希頓家終究是侍奉克勞賽爾家的家族。

既然人家講了是為大小姐著想，連也不能多說什麼。

「那麼，大小姐。這個少年的強，您應該已經徹底明白了才對。」

「…………」

「大小姐很強。但是，這個少年是在不如大小姐的環境下變強的。反過來說，如果大小姐也做出更多努力，或許就能夠追上少年。」

（別說追上，她應該會輕而易舉地超越我。）

「如果您明白，那麼回去之後還請您比以往更加勤勉。」

「嗯……我知道了。」

莉希亞說完，轉頭看向連。

「抱歉今天突然來打擾。不過，這一趟對我來說是個很不錯的經驗。」

「啊，嗯……我才要感謝您的指教。」
「——如果你來克勞賽爾，我們每天都可以比試喔？」
「很遺憾，這是兩回事。」
看見連始終不肯點頭，莉希亞噗嗤一笑。接著她轉過身去，走回屋裡。
「真的很抱歉，還請原諒大小姐。我也會將大小姐受了艾希頓家關照一事告訴當家老爺。」
「我沒做什麼了不起的事呀。」
「不不不，確實做到了。你們說，是不是？」
拜斯轉頭問部下。
「對於大小姐來說，應該是個不錯的刺激吧？」
「嗯。由我們當訓練對象時，她總是一副很無聊的樣子。」
「少年啊，就像這些人說的一樣——如果可以，我希望可以多停留幾天，請你陪陪大小姐……」
（我可是敬謝不敏。）
「不過，我們明天早上非離開不可。」
出發時間比預期來得早。
連對此感到驚訝，同時也很高興。
「大小姐為了來這個村子，費了一番工夫說服當家老爺。除了獎賞艾希頓家，也還有其他工作。我們必須巡迴周遭的村子，防止這次騷動讓人心動搖。」

莉希亞目的在於見連一面，相對地，她說服克勞賽爾男爵時，也有提出會做哪些工作當成代價。她並未忘記身為領主一族獨生女的義務。

（其實她是個誠實可靠的好孩子啊。）

「請容我明天早上再向你們致謝。」

很有管家風範的拜斯低頭致意，隨即帶著部下離去——就在連這麼想時，卻看見他帶著應該已經先離開的莉希亞走回來。

「欸欸，之後可以帶拜斯去房間找你嗎？」

又這麼突然，於是連驚訝地反問。

「有什麼事嗎？」

「機會難得，我想聽聽你平常做些怎樣的訓練。拜斯好像也很感興趣。所以，可以稍微晚睡一點陪陪我們嗎？」

連平靜地說「沒關係」，莉希亞聽了後露出滿面笑容說「太好了」。

莉希亞欣喜的模樣純真可愛，完全符合聖女的形象。

◇◇◇◇

隔天早晨，莉希亞在天亮時醒來。

她雖然還想和連比試，不過很遺憾，她必須離開這個村子了。

就在她依依不捨卻只能收拾行裝時——

「——對了。」

莉希亞想到一件事。

她決定留一封信給怎麼拜託都不肯來克勞賽爾的連，好讓對方知道自己有多麼認真。

為此，莉希亞從行李中拿出羊皮紙和信封。

然後坐到客房的桌前，拿起了筆。

「呃……該寫什麼才好呢……」

問題在於，莉希亞缺乏寫信給別人的經驗。

實際上，信是有寫過，但都是不帶什麼私人情緒的問候信。這次打算要寫的信倒是完全沒碰過。

不過，莉希亞依舊努力下筆。

……寫信也是貴族應有的素養。

莉希亞自認這封信寫得文情並茂富有詩意，不會丟男爵千金的臉。就在她心滿意足地擱下筆喘口氣時——

『大小姐，是我。』

房間外傳來拜斯的聲音。

莉希亞一說出「請進」，他便走進房間。

然後，拜斯注意到莉希亞剛剛在寫信，於是走到桌旁。
「向艾希頓家致謝的嗎？」
「不是。那個正準備要寫，這是別的信。」
既然如此，那是什麼信呢？莉希亞把信交給一臉疑惑的拜斯。
「機會難得，拜斯你能不能幫忙檢查一下？這是我寫給他的信。」
「原來如此，給少年的信啊。」
「對。我無論如何都希望他能來克勞賽爾，所以想在回去之前給他。」
拜斯確認完畢便接下那封信，然後照莉希亞說的看了起來。
至於莉希亞，則是拿出另一張羊皮紙，開始寫向艾希頓家致謝的信。

這一封和寫給連的不同，十分順暢。
一會兒後，她寫完停筆。
「怎麼樣？」
莉希亞抬頭看向還站在旁邊的拜斯，詢問他對於給連那封信的感想。
「……唉呀呀，我該說什麼才好呢。」
「怎樣啦，有錯字嗎？」
「並、並非如此……文字和文章本身都沒有問題。」
「既然如此，問題在哪裡？」

看見拜斯少見地欲言又止，莉希亞有些不高興地說道。
拜斯大概是認命了，吞吞吐吐地開口。

「大小姐，您寫的這是情書喔。」

莉希亞聽到這句話當場傻住，沉默了十幾秒。
「你說情書？」
「是。我拜見您這封信，感覺簡直就像一封情書。」
「……告訴我，哪些地方像情書？」
對於這個問題，拜斯依然欲言又止。但是莉希亞的凜然態度一如往常，他實在沒辦法無視，只能乖乖回答。
不過，莉希亞表面平靜，實際上心臟跳得很快。
「好比說，『你讓我所感受到的興奮，更勝見面以前』。」
「不、不就是字面上的意思嗎！我只是在說，之前一直聽人家講很厲害的人，實際見面之後發現比想像的更厲害！」
「我明白您的想法，但寫成這樣就像是墜入情網的女性。」
「～～！」
「然後……」

「還、還有啊？」
莉希亞面紅耳赤，對於還有後續極為震驚。
「其他還有『你的勇猛、雄壯、威風，都在告訴我絕不能放過你』。」
「這不是事實嗎！看見那麼厲害的劍，當然會想多交手幾次啊！」
「可是啊，這信寫得就像一個看見英雄的平民女孩喔。我想大小姐您自己回頭讀一遍就會明白。」
聽到拜斯這麼說，莉希亞接過要給連的那封信。
可能她的心情漸漸平復了吧，讀信的模樣看不出有什麼動搖。
臉已經不再泛紅，狂跳的心臟也恢復了原有的規律。

「……真的，簡直就像情書。」

原因恐怕不只是第一次寫私信。
大概是因為無論如何都希望連能夠來克勞賽爾，所以寫信時太過激動了。
莉希亞原本想要另寫一封信。
但是拜斯說「差不多得出發了」，讓她放棄了這個打算。
那麼這封和情書很相似的信該怎麼辦呢？她也想過切碎後扔掉，但是拜斯再度催促，讓她沒辦法在屋子裡就把信處理掉。

於是莉希亞在尷尬之下，把信隨便折起來後收進懷中。
她決定等離開村子再解決。

◇◇◇

急著與拜斯一起離開的莉希亞，和艾希頓家的三人說了幾句話。
除了為突然來訪致歉並感謝艾希頓家的招待，還鄭重宣布了竊狼一事的獎賞。完畢之後，一行人趕緊上路。
通過連接村子與森林的吊橋之後。
突然從前方吹來的風令莉希亞不禁伸手遮眼，她的衣服也因此略微掀起。
「大小姐，您沒事吧？」
「嗯，不用擔心。只是有點吃驚而已。」
莉希亞面帶微笑回答後，一行人繼續前進，沒讓馬匹停下。
……這時候，莉希亞並未注意到。
方才風掀起她的衣服時，藏在懷裡的信被那陣風帶走了。

七章　大國的派閥鬥爭與遭受牽扯的連

莉希亞離開的同時，連的日常生活也回來了。

由於送行，所以他比平常遲了點才有時間享受早晨的新鮮空氣，不過——

「那是什麼？」

他踩著習慣的步伐穿越田間道路，來到通往森林的吊橋前。

常見到的小鳥們，在路旁樹木的枝椏上大聲鳴叫。牠們互相威嚇，像是在爭奪什麼東西。

連見狀有些納悶，沒多想就召喚了盜賊魔劍。

他看見其中一隻小鳥嘴裡叼著某樣東西，於是對那隻小鳥使用魔劍。

『嗶嗶————』

小鳥嚇得飛離枝頭，其他小鳥也慌慌張張地飛走。

至於小鳥們剛才爭搶的東西，則落在連的手裡。

那是一張折得很隨便的羊皮紙。無論手感還是鞣製方式，都看得出這張羊皮紙的質地很好。

很感興趣的連攤開羊皮紙，看見紙上流麗的文字。

「……情書？」

上頭的每一個字，都能感受到書寫者那股湧至心頭的熱情。

不過，誰會用這麼高級的羊皮紙寫這種東西？感到疑惑的連一路往下讀，發現書寫者試圖叫某人前往克勞賽爾。

信中提到了使劍的身手，所以猜得到是誰叫誰。

（原來是她啊。）

這大概是莉希亞．克勞賽爾寫給自己的信吧。

雖然好奇為什麼會掉在這種地方，但也不能把信丟掉。

這麼想的連把信收進懷裡。他正準備離開時，卻聽到馬蹄踩踏大地的聲音。

「該、該不會是那個野聖女掉頭回來——？」

連不禁縮了一下。

然而，訪客並非連所認識的那些人。十幾個騎馬者出現在他面前，這些人身上的甲冑看不見克勞賽爾家的紋章。

「——咦，呃？」

這群人很快就把連團住，從馬上以威嚇的眼神俯視他。

一名騎士傲慢地對還只是個少年的連問道：

「你住在艾希頓家統治的村子裡嗎？」

看似領袖的人隔著頭盔向連搭話。

那種威嚇人的霸道口吻，聽起來像是不回答就要拔劍相向。

「是這樣沒錯……諸位是？」

即使連很有禮貌地回答，男子的態度依舊傲慢。

「我們受**基文子爵**之命，負責傳遞得到子爵認可的文書。還有，帶我們到艾希頓家宅邸。」

對方一如預料不是克勞賽爾家的人，然而聽到是爵位更高的子爵派出使者後，連腦袋裡浮現了問號。

（我記得基文子爵——）

前往克勞賽爾要從這個村子往東走，基文子爵的領地則位於村子東北方。這位貴族雖然和艾希頓家沒什麼瓜葛，卻也不能無視。

「明白了，我現在就帶各位回家。」

「嗯？回家？」

「是的。在下是連．艾希頓。現任當家羅伊．艾希頓的獨生子。」

這話一出，基文子爵派來的一行人面面相覷。

他們互看一眼後點點頭，方才的男子再度開口。

「高興吧，子爵也有話對你說。」

方才和連交談的騎士，口氣變得和緩。不知是不是錯覺，周圍騎士感覺也變得比較客氣。

不過，並非自家主君的子爵，究竟找自己有什麼事……

「有話要對我說……是嗎？」

「嗯，子爵非常希望能收你為隨從。詳情就到你家再說吧。」

他這句話說完，圍住連的騎士便驅馬緩步前行。
至於連則是暗自叫苦。
（完全搞不懂啊。）
昨天到現在也發生太多事了吧？
踩著沉重步伐回家的連踏上田間道路時，村民們全都疑惑地看著他。

◇◇◇◇

回到家，駐守在這個村子裡的克勞賽爾家騎士們，驚訝地迎接連一行人。
同樣地，羅伊和米蕾優也和昨天一樣吃驚。
但是兩人裝出平靜的樣子，只把擔任代表的那一人請進羅伊療養的房間。
連並未同席，待在克勞賽爾家眾騎士身邊。
這裡雖是艾希頓家的庭院，但他們表情很難看，於是連決定詢問理由。
「你們為什麼生氣啊？」
「這、這是因為……」
被問的騎士一時不知該如何回答，於是其他騎士伸出援手。
「喂，應該可以講吧？」

「可是……」

「在某些情況下，連兄弟也無法置身事外吧？就算是拜斯大人，也不至於因為把這件事告訴連兄弟而罵我們啦。」

聽到「無法置身事外」，讓連想到基文子爵使者方才講的話。

說是想要收連為隨從。

（話又說回來，大家未免太生氣了吧？）

這個疑問的答案，很快就由從屋裡走出來的基文子爵使者們說了出來。

「連・艾希頓，原來你在這裡啊。」

說這句話的，就是在橋邊命令連帶路的騎士。

他一走近連，克勞賽爾家的騎士們便下意識地提防。

基文子爵的騎士見狀，冷笑著開口。

「哼……好啦，我已經和羅伊兄弟談過了，不過還有些話想要告訴你。和在森林說的一樣，子爵對你的實力有很高的評價，希望你務必來我們這邊效力。」

聽到這番話，克勞賽爾家的騎士們走上前來。

「非常抱歉，連兄弟已經有了我們當家老爺的邀約。」

正確說來，邀請連的是他女兒莉希亞。

然而，差異沒有大到需要在這時候訂正。

「你們是克勞賽爾家的人吧。不過你們只有邀請，他還沒回答吧？既然如此，我們找他應該也不成問題才對。」
「問題在那之前。這個村子可是在克勞賽爾家的統治下喔。」
「喔?難道克勞賽爾家的諸位,和那群想效命於偉大皇帝陛下的人意見一致?在帝都任職的騎士裡,也有很多不是帝都出身的人喔。」
「問題不在這裡。真要說起來,你們如果想邀請連兄弟,應該先問過我們。」
連待在旁邊,靜靜聽著雙方爭論。
「無論爵位是否不同、派閥是否不同,這都是該遵守的禮儀才對吧?既然效力於大名鼎鼎的基文子爵,應該明白這一點。」
「哼……好,我知道了。改天再來吧。」
基文子爵的騎士看起來沒當一回事,逕自邁步離去。晚了一步才走出屋外的其他使者隨即跟上。
他們就這麼騎上馬,對連說了句「我們還會再來」後驅馬離開。
等到他們的身影消失在遠方後——
「連兄弟,我想和你談談方才那件事。詳情……這個嘛,我們進屋裡,到羅伊兄弟也聽得到的地方說明吧。」

◇◇◇◇

看見連和騎士們走進房間，羅伊開口表示「等你們很久啦」。

米蕾優也在他身邊，兩人的表情都很嚴肅。

「我說啊，是不是在我們不知道的地方出了什麼麻煩？」

羅伊這麼一問，與連同行的克勞賽爾家騎士們滿懷歉意地開口：

「非常抱歉。這件事不便公開，所以無法告訴羅伊兄弟你們。」

「我想也是。所以呢？這件事和基文子爵有關吧？」

「——一點也不錯。」

連和騎士們坐到房間裡的沙發上。

「連，你先看看那些傢伙留的信，有什麼要問的等看完再說。」

米蕾優代替還不能走動的羅伊把信交給連。

連打開已經拆過的信封，拿出收在裡面的羊皮紙攤開。

（……喔……）

羊皮紙上寫著，本次騷動和這個村子日常的貧困情況，令子爵十分痛心。

但是基文子爵也有許多領民要顧，無法伸出援手。

為此謝罪的同時，子爵有兩個提議。

一　將連所住的村子編入子爵領，他會在此地常駐數名騎士補足戰力。
二　將連・艾希頓收為基文子爵家的隨從，並承諾提供充分的報酬。

按照克勞賽爾家騎士的說法，在這個國家將邊境村編入其他貴族領地算是偶爾會有的事。因此，只要與此事有關的人都同意就不成問題。

「真是的……竊狼那件事可以說是異變。扣掉那種異變之後，記錄上這個村子一直都是靠艾希頓家就綽綽有餘。」

「也就是說，男爵大人的安排沒有出錯，對吧？」

「就是這麼回事。順便一提，在連出生之前，D級魔物曾經出現過一次……」

聽到這句話，騎士似乎想起了什麼，開口說道：

「這件事我們也知道。聽說當時是羅伊兄弟討伐的。」

「對啊。要我來說，那時候可比竊狼輕鬆多啦。雖然等級高，卻沒有竊狼那麼特殊嘛。」

羅伊再次強調克勞賽爾男爵沒有錯。

「所以呢，我想要問重點。」

他以利刃般的尖銳目光看向騎士。

聲音裡多了一層壓迫感。

「**派閥鬥爭的浪潮**，終於也淹到這裡了是吧？」

「……您說的沒錯。」

「果然啊。難怪那個子爵要把手伸過來。」

「一直以來都有不少人想拉攏克勞賽爾家。但是當家老爺不屬於任一邊，他尊重皇族，也尊重**七大英爵家**。因此，我們也對現況感到遺憾。」

在旁邊聽的連點點頭。因為他對騎士說的這些心裡早已有了個底。

（我記得雷歐梅爾帝國的派閥鬥爭……）

派閥有三，所有貴族都在這三派之內。

第一個派閥是皇族派。

他們非常敬畏皇族，以及開國先祖獅子王。這一派認為，今後的雷歐梅爾應該繼續由皇族領導。

另一個是英雄派。

英雄派的貴族，是以七英雄輩出的七大英爵家為首。

這一派就是七英雄傳說裡主角方的勢力。他們並未打算篡奪皇位，純粹是主張雷歐梅爾帝國應該更自由、更民主。

在雷歐梅爾帝國，像連所在村子這樣貧困的村子愈來愈多，但也有一個人就能拯救幾十個貧困村子的富翁。

英雄派裡有許多人主張，應該壓制皇族的強權以消除這種貧富落差。

最後則是中立派。

不屬於兩大派閥任一邊的中立派成員，大多同時尊重皇族與七大英爵家雙方的想法。

……有些人不希望出現具革新性的變化。

……有些人是不希望貴族分派閥的和平主義者。

貴族應該團結，不該像魔王出現時那樣因為思想差異而起爭執。

他們中立派都是這麼認為。

（然後，克勞賽爾男爵是中立派。）

基文子爵家是英雄派，所以和派閥鬥爭扯上了關係。

「難以啟齒也是很正常，畢竟這種話題不便公開。何況對方只是個邊境小村的騎士。」

「親愛的，用詞。」

「嗚──痛痛，抱歉。我沒有要責備他們！純粹是按照常識推論……！」

米蕾優訓完說錯話的羅伊後向騎士道歉，並且輕輕捏了一下丈夫的臉。

「然後，為什麼派閥鬥爭會牽扯到這種村子？這裡可是邊境中的邊境耶？」

「……羅伊兄弟應該也知道，在連兄弟誕生那一年與前後一年，七大英爵偶然地也生了嫡子

──而且每一家都有。」

「…………」

「爸爸？你為什麼不說話？」
「當然是因為我沒聽說過啊。那種情報不可能傳來這種邊境村吧？我只是個連宴會邀約都沒接過的小小騎士，就連離村也只有向前任男爵打招呼那次喔。」
（這話還真有說服力。）
「不過嘛，派閥鬥爭這回事我好歹還是聽說過啦。」
情報的數量和新鮮程度與人的出入成比例。
進出這個村子的人極端少，所以情報來得比起都市地區或城鎮要慢。
聽到羅伊這幾句話，騎士在苦笑的同時，也帶著些許歉意繼續說下去。
「七大英爵家幾乎同時有了嫡子，讓英雄派前所未有地團結。他們宣稱這幾位嫡子就是七英雄重現人間。」
「哈！講什麼蠢話！」
羅伊完全不信，連則是看著天花板沒說話。
剛剛講的絕對不是什麼蠢話。在七英雄傳說裡，主角群的確被宣傳為當年打倒魔王的七英雄再世。
「真要說起來，現在已經是六大了。那個有勇者盧因血統的家族，已經斷絕了百年以上耶？這種情況下還講什麼重現，不覺得對勇者很失禮嗎？」
羅伊口中的勇者盧因，是當年給予魔王最後一擊的男人。
然而，據說他的血統早已斷絕。

原因在於，有他血統的人難以生育後代。這種情況一代代下來愈發明顯，最後他們終於連一個嫡子都生不出來，就這樣絕後了。

到了現代，人們都說那是魔王的詛咒。

「不過爸爸，搞不好勇者的血統有偷偷流傳下來喔。」

「……連？」

「——六個嫡子幾乎同時誕生。如果他們是七英雄轉世，那麼應該也會出現有勇者盧因血統的人才對！這不是偶然！全都是主神艾爾芬的旨意——就算英雄派有些貴族這麼想並且採取行動，也沒什麼好奇怪的。」

實際上，七英雄傳說主角正是勇者盧因的後裔，此刻他應該在離這個村子很遠的地方生活。

「真令人驚訝。羅伊兄弟，這次英雄派會如此積極，原因正如連兄弟的推測。他們之中有不少人的想法，就和連兄弟剛剛講的一樣。」

聽到騎士這麼說，連悄悄皺起眉頭。

（嗯……立場不一樣之後，居然變得這麼麻煩。）

七英雄傳說之中，主角群在雷歐梅爾帝國面對了諸多困難。

其中也包括和皇族派、中立派的摩擦。

老實說，部分原因也在於這兩個勢力的貴族有些令人無法容忍的言論和行為，但是連從沒想過會有反過來討厭英雄派貴族的一天。

「——話又說回來……」

連突然開口。
「喔？怎麼啦，連？」
「呃……我有點在意……剛剛講的那些，再怎麼說都是英爵家嫡子出生那時候的事，如今又鬧起來實在很不可思議……」
看見連陷入沉思，騎士他們也都安靜下來。

數分鐘後——
「爸爸。」
連以炯炯有神的雙眼看向羅伊，讓羅伊覺得自己氣勢上輸了一截。
「你說之前討伐過D級魔物，還記得那是幾年前的事嗎？」
「喔、喔！我記得大概是你出生前一年喔！」
「……這也就表示，派閥鬥爭的影響或許從那時起就有了。」
騎士先是一驚，接著臉上立刻露出讚賞之意。
「連兄弟真的很聰明呢。當家老爺也有過同樣的猜測。他說，搞不好基文子爵從那個時候就在打這裡的主意了。」
「也就是說，男爵大人認為這次的竊狼也和派閥鬥爭有關？」
這麼一想，事情就簡單了。
畢竟就像羅伊說的，竊狼一事並不尋常。

「我所聽到的是這樣。看來──」

「這次事件，感覺是克勞賽爾男爵家獲賜帝都近郊的領地，讓他們急了。」

「──！」

騎士大吃一驚，羅伊和米蕾優也非常震驚，只有連一個人保持冷靜。

（按照拜斯大人所說的，克勞賽爾家得到新領地是去年。）

這使得英雄派開始提防克勞賽爾家。

他們大概是擔心，有聖女莉希亞的克勞賽爾家，有可能因為皇帝授予新領地就從中立派轉投皇族派。畢竟克勞賽爾男爵也是優秀的貴族，他們恐怕無法容許皇族派又多了一分力量。

（重新整理一次吧。第一次騷動發生時──）

七大英爵家嫡子出生，讓英雄派有了活力，這件事正好和點燃派閥鬥爭的時期一致。而這是連出生之前的事。

（然後，這回的第二次──）

和克勞賽爾家在帝都近郊有了新領地的時期一致。

進一步來說，此事必然和聖女莉希亞的影響力有關。克勞賽爾男爵本身就是很有能力的貴族，若能把整個克勞賽爾家都拉進自己派閥當然是最好。

此外基文子爵這邊也不能無視。

儘管目前還無法證明他做了什麼，但是從竊狼事件才過沒多久就那樣大張旗鼓看來，怎麼想都不會毫無關係。

（話雖如此，但是拿我們村子當目標又能怎麼樣……啊，拜斯大人說過。保護領地是領主的責任。）

當領地內有魔物造成危害時，派遣的戰力多寡要看領主如何拿捏。

然而連有聽說過，一旦判斷多次出錯，就會遭到懲處。

若將這點當成前提，連的村子和鄰近村子蒙受重大損失導致克勞賽爾家受罰，可能性並不是零。

（然後，假設基文子爵想讓克勞賽爾男爵受罰……之後他還想把克勞賽爾家拉進英雄派嗎？）

舉例來說，基文子爵出面保住即將遭到彈劾的克勞賽爾子爵，藉此賣個人情把克勞賽爾家拉進英雄派？想必有一半是用威脅的吧。

（不過，前提是基文子爵真的和兩次騷動有關。）

既然沒證據，也就只能是猜測。

無論如何，還是該嚴加提防。

「我們該立刻聯絡當家老爺。」

在場的騎士開口。

「就算沒有基文子爵做了什麼的證據，也該對他有所提防。」

「或許吧。這也就是說，要延長各地騎士的駐守時間？」

「對。我打算這麼建議。」

聽著騎士與羅伊的對談，連總覺得事情會變得麻煩，這讓他不禁嘆了口氣。

◇　◇　◇　◇

聊完聳動的話題之後，連回到自己房間換了件衣服。

他拿出那封被小鳥叼在嘴裡的信放到桌上，不知該如何是好。

「既然她還會來村裡，就等到那時候再還她……這似乎也不太對啊。」

這麼做就等於告訴人家已經讀過信了。對方一定會要求連回覆。

連沒打算離村也不希望和莉希亞有什麼交集，說穿了他很想避掉這種事件。

「不過要把信丟掉……又有點丟不下手……」

要把莉希亞應該寫得很認真的信丟掉，讓他提不起勁。

這麼做未免太冷淡，甚至會覺得莉希亞很可憐。

雖然不曉得信怎麼會掉在那種地方，但他實在不太願意隨便把這種信扔掉。

所以，連打開自己桌上的箱子——一個有些雕飾的木箱，用來裝些小東西——把莉希亞的信放進去再蓋起來。

然後他把箱子放在桌上一角。

既然不願意丟，燒了又覺得心痛，只好暫時放在盒子裡保管。

「——好。」

此時他的目光，轉向桌上那顆瑟拉奇亞的蒼珠。

「外觀是很漂亮啦……」

雖然只有外觀。不過，現在的問題是這東西太過棘手難以處理。

連嘆口氣，也沒多想什麼就伸出手，試著摸了一下瑟拉奇亞的蒼珠。

「嗯？」

一開始是食指，接著整個手掌都貼上去。不可思議的是，瑟拉奇亞的蒼珠似乎在晃動。

連疑惑地把手拿開，試著又摸了一次卻沒有反應。

「……錯覺嗎？」

這麼嘀咕後，連打了個呵欠，決定去浴室把身上的汗沖掉。

八章

莫名融入環境的聖女

基文子爵那件事後過了一陣子，季節步入冬天。

耕地別說晨霜了，已經覆上一層純白的雪。

冬天對於邊境村來說是個嚴酷的季節，不過這個冬天因為有連在，過冬準備能做得比較寬裕。柴火不用說，就連糧食也買了充足的量。

這都是多虧了連每天出門打獵。

「連兄弟，你今天打獵也大有收穫呢。」

「是啊。原本以為入冬之後會難以行動，但是習慣之後似乎也不算什麼。」

連仰頭望向午後的陽光，這麼說道。

吊橋旁已經堆了十幾隻小野豬，說明今天的打獵也很順利。

（總覺得最近劍也用得更得心應手了。）

因為，連這段時間戰鬥都沒依靠木魔劍的自然魔法（小）。

自從騎士駐守此地之後，打獵總是有他們為伴。

所以劍技之所以能更上一層樓，也是拜戰鬥時要隱瞞魔劍召喚所賜。

（雖然感覺可以不用藏，不過都藏到現在了嘛。）

到這個地步就不用說了。

目前就算藏著也不會有什麼困擾，所以連打算暫時維持這樣。

「話又說回來，連兄弟或許還是去一趟帝都比較好。」

騎士冒出這句話。

「為什麼突然講這種話？」

「連兄弟毫無疑問會有很高的成就，說不定能在帝都成為名震天下的騎士。」

「是啊……雖然這話不能大聲宣揚，但是在我們看來啊，連兄弟要比七大英爵家的嫡子更像重回人間的七英雄呢。」

這番話讓連聽了十分尷尬。

得到讚賞雖然很開心，但是被兩個大人這麼毫不保留地誇實在很不好意思。

「我沒打算離開這個村子喔，畢竟我是艾希頓家的繼承人嘛。」

像這樣的稱讚並非第一次。

每當被稱讚，連總是會說自己是艾希頓家的繼承人，沒打算離開村子。

「唔唔……實在可惜……」

「算了吧，再說下去會讓連兄弟為難。」

「嗯……也對。」

三人邊聊邊踏上歸途。沉重步伐踩在遠比降雪前難走的田間道路上，耳中所聞只有踏雪聲。

靜靜飄落的雪，讓村子這一帶陷入夏季所沒有的寂靜之中。

◇◇◇◇

艾希頓家的房子，今天還是那麼舊。

實際上，雪的重量已經把屋頂壓得發出聲音了。

（不知道撐不撐得過今年冬天？）

討伐竊狼後資金充裕，連打算等春天就把房子整修一下。

「我回來了。」

他打開通往廚房的門，向總是待在這裡的米蕾優說道。

但是，今天沒見到米蕾優的身影。

「唉呀，你回來啦？夫人在莉格婆婆那邊喲。」

坐在桌旁無所事事的莉希亞代為回答，但她的應對實在太過自然，因此連也沒特別質疑什麼就接受了。

「原來如此，難怪不在。」

「先去洗個澡怎麼樣？我從家裡拿了魔道具過來，你應該會覺得方便不少。」

「這倒是令人在意。既然如此就恭敬不如從命了。」

連就這麼從莉希亞身邊走過，離開廚房。

他按照習慣的路線來到更衣間，發現確實變得不太一樣。

「厲害，是吹風機耶。」

魔道具就擺在不怎麼透明的鏡子前面，他看見之後想起了前世的記憶。

這些年來他都是用毛巾擦頭髮，之後站到暖爐前烘乾，此時有種突然現代化的感覺。

興奮的連迅速脫掉衣服，走進浴室。

以前根本沒有什麼淋浴設備，現在卻有了。

熱水是從哪裡來的呢？仔細一看，淋浴設備裝在牆上，底端連到一顆尺寸與人頭相當的巨大水晶球。看樣子，水也是靠魔道具產生的。

連一轉動看似水龍頭的把手，溫熱的水便淋在他頭上。

「……咦？」

到了這時候，他才疑惑地盤起手臂。

這麼說來，記得魔道具是以魔石為動力……回想起這件事的他沉思了數分鐘，這才發現不太對勁。

「──為什麼！」

他還真不曉得自己為什麼一直沒注意到。

不過，連也是有理由的。

事情發展出乎意料，聖女照理說不該這種時候就出現，連根本沒想過她居然會來得這麼快。

連急忙衝出浴室。

他隨便用毛巾擦了擦頭髮後換好衣服，慌慌張張地在屋裡奔跑。

目的地是不知道為什麼莉希亞會待在那裡的廚房。

「為、為什麼啊？」

他慌慌張張地開門，毫不客氣地質疑。

「幹嘛突然大叫！耳朵會痛耶！」

看見鬧出這麼大動靜的連，莉希亞不太高興地說道。

她還摀著耳朵、嘟起了嘴。

「所、所以說！為什麼妳會在這裡啊！」

「那還用說，當然是因為我來了呀！」

「不是什麼『我來了所以在這裡』這種理所當然的事……！我要問的是！照理說應該待在克勞賽爾的大小姐，為什麼會出現在這個村子裡！」

方才被連嚇到的莉希亞，漸漸冷靜下來。

這回她倒是臉不紅氣不喘，得意地展現了那動人的笑容。

「我會在這裡的理由只有一個嘍。你不來克勞賽爾，當然只能我來這裡呀。」

居然還沒死心啊？連啞口無言。

（這麼說來……）

他想到那封疑似出自莉希亞之手而且文情並茂的信。

信還在連房間的小東西收納盒裡，是不是該打探一下這件事呢？

（……還是別這麼做吧。）

「多一事不如少一事」這句話閃過腦海。

「聽說大小姐很忙……」

「呵呵，放心。全部都搞定了。」

「——您說全部？」

「冬天該念的書、該處理的工作，我是先把它們一件不留地全部解決才來這個村子的喔。」

換句話說，毫無破綻。

不得了的行動力。

「……您是怎麼向男爵大人解釋的？」

「因為有基文子爵那件事，我告訴他克勞賽爾家也該積極採取行動。要是身為領主女兒……又是聖女的我來到這裡，對方或許就不會輕舉妄動了吧？」

對於合理的提議，莉希亞的父親克勞賽爾男爵恐怕也不得不點頭吧。

「還有——這件事真的很抱歉。我們應該提供更多協助的。」

莉希亞語氣有些消沉，還帶了些許嘆息。

看樣子，基文子爵一事讓她有些感觸。

連壓下方才的慌張，調勻呼吸後坐到莉希亞對面。

「沒有直接向基文子爵抗議呢。」

「嗯。向高階貴族抗議，似乎得拜託主君或有交情的高階貴族。以克勞賽爾家的情況來說，至少也要找中立派的伯爵吧。」

「那麼——」

「……我們當然也找人了，但是，中立派的勢力比其他兩派來得弱。」

如果只因為爵位高就指指點點，下次或許會是對方派閥地位更高的貴族插手。

想來絕大多數的貴族，都不希望碰上這種麻煩事。

「中立派的高階貴族也在觀察情勢……大概是這種感覺對吧？」

「就是這麼回事。唉……真討厭……明明同樣是帝國貴族，一扯到什麼派閥、爵位就讓人覺得煩……」

莉希亞的焦慮看來是發自心底。她在連面前將這些情緒全說出口，沒有隱瞞。

「這麼說來，有一件事讓我很在意。」

「嗯，怎麼了？」

「我在想，雖然有爵位、派閥的差異，不過有大小姐這位聖女，說話不是應該更有分量嗎？」

「真巧，我以前有段時間也這麼想。」

然而事情並非如此。

莉希亞再次深深嘆息。

「被人們稱為聖女的存在，從古至今已經出過好幾個。但是，她們和七英雄不一樣，沒做出什麼大事對吧……即使是據說自古以來都受到主神艾爾芬祝福的聖女，也不曾討伐過魔王。」
連明白她想說什麼。
被視為得到主神艾爾芬祝福的聖女，是受人敬畏的存在。
但是，在這個雷歐梅爾帝國，有另一群更受民眾敬畏的人。
那就是七英雄。擁有絕對性血統的人們。
另外，皇族派若是追本溯源，也會和開國先祖獅子王扯上關係。
絕對不敗的大國始祖，擁有和七英雄同等的影響力。聖女則和背景相反，發言權算不上大。
「——對了，我也有件事要問你。」
此時，莉希亞探出身子看向連。
那雙令人聯想到寶石的眼睛，盯著連的臉。
「你接受子爵的邀請了嗎？還是拒絕了？」
心想「我還以為是什麼大事」的連，若無其事地回答：
「沒接受啊。先前也告訴過大小姐，我沒打算離開這個村子。」
「真的？要是說謊我就把你拖去克勞賽爾喔？」
莉希亞讓人覺得她搞不好真的會這麼做。
連苦笑著再次表示「我不會去啦」，這才逃離了莉希亞的步步逼近。
「欸欸，浴室怎麼樣？」
「感覺很特別。要不是途中想起大小姐，我應該會悠哉地再洗個一小時。」

「那你想要嗎？」
「雖然覺得有了會很方便……但是很貴吧？」
「錢的事不用在意。拿來的魔道具都是本來舊到沒辦法動的，我只是花零用錢把它們修好而已，不用客氣。」
「哇……」
「真是的！『哇』是什麼意思啊！」
「因為……錢不用給但我得去克勞賽爾，對吧？」
莉希亞「嗚」了一聲。
儘管看來是說中了，她依舊立刻裝出平靜的樣子。
「我並沒期望那麼多。只是希望我來這個村子時，你可以和我比試。」
「意思是說，以後您還會來？」
「不行嗎？」
（那還用說？）
不過問題就在於，連無權制止她。
「我不認為男爵大人會放行那麼多次。」
「他已經同意兩次了。就算問他三次四次甚至十次，結果也不會改變。」
這種暴力理論讓連沒轍。
他啞口無言了數秒，然後輕咳一聲堆起笑臉。

「既然男爵大人什麼都沒說，那我也不會有意見。」
實際上是無法拒絕。
「呵呵，那就好。」
莉希亞露出友善的笑容，顯得很開心。
……或許沒被綁到克勞賽爾就該偷笑了。儘管這種發展連同樣不想看見。
（真想故意輸掉。）
連會不禁閃過這種念頭也是難免。
「我想你應該知道，故意輸給我也不行喔？」
「豈敢。在下絕對不會做出不尊重大小姐的事。」
「哼……嘴巴這麼講，卻是一副在打壞主意的表情。」
「不，您多心了。」
短暫的寂靜降臨。
暖爐內柴薪爆出的清脆「啪嘰」聲，在廚房裡迴盪。
「對了。既然你回來了，那就一起去你父親那裡吧。」
「咦？您找家父有事嗎？」
「用神聖魔法促進傷勢恢復呀……上次來的時候也有這麼做，你不知道嗎？」
很抱歉，不知道。
連老實地低下頭，向莉希亞致謝。

◇◇◇◇

太陽下山後，連便和莉希亞比試。當然，他是不得已的。
過了兩個月而有所成長的莉希亞，表現和之前截然不同，即使如此仍由連贏得壓倒性勝利。
莉希亞不甘心地說出「明天早上再一次！」的模樣，令人看了就想勉勵兩句。
就在莉希亞去洗澡時，拜斯來找待在廚房土間的連。
「當家老爺相當感謝你。當然，我也是——所以說，少年你有沒有什麼事想要我幫忙的？」
「說是這麼說，但男爵大人已經獎賞過我們了。」
「不，這純粹是我個人的意思。」
連依然什麼也沒想到。
（向人家要錢也怪怪的。）
他覺得不該在這種時候暴露自己貧窮騎士的一面。
「我想教你一些野營知識，你覺得如何？」
這個出乎意料的提議讓連十分驚訝。
「這些知識學了不虧喔。如果碰上預期之外的狀況必須在森林過夜，就派得上用場。」

（原來如此，這麼一說確實沒錯。）

明白這些知識有其必要的連，回答得很快。

「求之不得。還請您務必將這些野營知識傳授給我。」

連深深頷首，低頭求教。

拜斯見狀，告訴連「拜託不要低頭，這是我給你的謝禮」，要他把頭抬起來。

◇◇◇◇

連在換日時走出家門，前往森林中比劍岩所在地更深處。

即使雪路難行，拜斯前進的腳步仍然堅定有力，使得連相當吃驚。小野豬突然出現時，拜斯用一閃而逝的快劍刺進小野豬的眼睛，更讓連震驚得說不出話。

走著走著，拜斯的腳步在一塊大岩石前停下。

他靠著岩石坐下，招手把連叫來身旁。

「首先，必須生火。」

方法有很多種，騎士們主要是靠魔道具。

但是，沒有魔道具可以用打火石，沒有打火石還能用最後手段鑽木取火。

「不過，如果木頭潮濕，火就生不起來。所以，動用最後手段之前的準備不能輕忽，必須盡可能避免陷入那種狀況。」

說完，拜斯將一把裝在皮製劍鞘裡的短劍交給連。

「這是我送你的禮物。劍首埋有特殊礦石，皮製劍鞘也經過加工。只要像使用打火石那樣把它們用力摩擦，就能產生火花。」

「給我好嗎？看起來很貴。」

「倒也不會。在克勞賽爾賣一萬G——只要有平民的日薪就買得起。」

就算是這樣也不便宜吧？連心想。

不過，連老實地接受了拜斯的好意，並在拜斯催促下拔出短劍。

接著，拜斯從懷裡拿出一根柴薪放在地上。

「今天是訓練，所以我從少年你家拿了一根過來。那麼，我先示範一次，然後少年你來試試看。」

於是拜斯熟練地用短劍摩擦劍鞘。

看見火花三兩下就冒出來，連「喔喔」地讚嘆起來。

拜斯微微一笑，伸手往懷裡掏。他拿出一束稻草，改為在稻草上頭製造火花。重複數次之後，稻草燃起了些許火焰。

連跟著挑戰，試了一陣子後總算弄出火花。

兩人用它燃起火堆，在火焰的暖意前讓身體放鬆一下。

「這麼說來，為什麼在即將換日的時候出門？出發準備明明早就做好，卻等了一會兒才出發

對吧？」
「嗯……因為我不想讓大小姐聽到。」
「啊、啊啊……原來如此……」
連苦笑著聳了聳肩。

他們在太陽升起前就醒了。
儘管睡眠時間只有平常的一半，連的精神卻意外地好，走在村裡的田間道路上頭時沒有半點睡意。

「回來得很早呢。」
「嗯，大小姐應該還沒起床才對。我順便看一下馬的狀況，少年你先回去。」
邊走邊聊的兩人，一如預期地抵達艾希頓家。
和拜斯分別的連伸手開門——就在這時。
「唉呀，回來啦。」
莉希亞露出燦爛的笑容，以鈴鐺般的輕快聲音迎接連。
雖然她臉上掛著笑容，卻能感受到一股難以用筆墨形容的壓力。
「很冷對不對？其實也不需要在那種時間出門吧？」
「呃，那個，這是因為……」
面露苦笑的連搔了搔臉，含糊其詞。

「真是的……就算是我，也不會勉強你們深夜帶我進森林啦。雖然說……你們瞞著我讓我有點不爽就是了……」

莉希亞接下來這句話，讓連吃了一驚。

「還有，今天的比試可以免了。」

連原本以為她生氣了，然而並非如此。

「畢竟你才剛回來，應該很累吧？」

「啊，不不不！只是有點疲倦，算不了──」

「沒關係。逞強弄壞身體可就不好了，對不對？」

對方突然這麼體貼，讓連當場傻住。

不過，莉希亞的表情看來不像是演的。

剛剛這幾句話，想必是真心的吧。

「真的可以嗎？」

「可以啊。就算贏過疲憊的你，我也高興不起來。」

這種好勝個性也很像她──連不禁笑了。

九章　村子遇襲

嚴寒的冬天也到了尾聲。

對於連而言，第十一個春天即將到來。此時在離他所住村子很遠的克勞賽爾，領主克勞賽爾男爵驚嘆出聲。

他在自家宅邸裡的辦公室，看著方才送到的信。

「沒想到，會是**這樣的大貴族**……沒有搞錯吧？」

把這封信拿來的騎士，臉上也是難以置信的表情。

「當然。竊狼素材是貴重藥物的原料，說不定寫信給您的人是為了那種藥。」

「啊、嗯……確實，近來市場上都沒有竊狼嘛。」

「那麼，您意下如何？」

「不能無視。必須盡快聯絡——不，慢著，這個機會難道……」

此時，克勞賽爾男爵靈機一動。

他走向桌子，打算把這個念頭告訴寫信給他的人。

就在他剛拿起筆時。

『父親大人。』

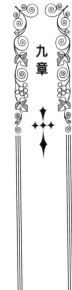

莉希亞造訪辦公室，於是克勞賽爾男爵停下了手。

他讓莉希亞進來，莉希亞表示「要出門了，來向您說一聲」。

「莉希亞，我想妳應該知道——」

「是的，我很清楚這是工作的一環。我會和先前一樣巡視領內，為克勞賽爾家盡責任。」

「希望如此。妳和連．艾希頓比試，再怎麼說都只是有盡到克勞賽爾家責任的獎勵。這點妳要銘記在心。當然，也不能忘了向連．艾希頓道謝喔。」

「嗯，我對過世的母親大人發誓。」

父女一番交流之後，莉希亞行了個漂亮的屈膝禮，然後走出辦公室。

她出了宅邸，往先一步等在門前的拜斯走去。

「——好啦，這回也得多加把勁。」

「大小姐這個冬天又有所成長，想來就算對上少年也能展現出色的劍技吧。」

「是啊，畢竟我就是為此努力的嘛。」

她走向與自己同乘的女性騎士，三兩下就上了馬。

「走吧，到那個村子的路還遠——」

……突然，莉希亞的視野出現異狀。

眼前晃了一下，身體的感覺也變得遲鈍。

她有一瞬間感到全身無力，就連戶外是冷是熱都覺得難以辨明。

「大小姐，您怎麼了嗎？」
女性騎士的聲音從莉希亞背後傳來。
儘管還有些許異樣感，她依舊在稍做停頓之後回答。
「……沒什麼。我想只是有點緊張。」
「請放心。大小姐每天的努力我們都看在眼裡。想必會是一場精彩的對決。」
「……嗯，謝謝。」
方才的異樣感也在不知不覺間消失了。難道是錯覺？莉希亞滿腹狐疑。

◇◇◇◇

莉希亞出發後的隔天。
在連住的村子，最近羅伊回來打獵了。
（果然，這個世界的藥和前世是不一樣的東西。）
看見走在身旁的羅伊笑得和以前一樣就知道。
羅伊的傷明明深達內臟，卻不滿一年就恢復到能戰鬥的程度，實在恐怖。特別是他沒動什麼像樣的手術，只靠藥草一類的東西。
傍晚，從森林返家的兩人並肩走在田間道路上時，連滿腦子都在想這件事。
「嗯？怎麼啦？」

「沒有，我只是在想，你真的已經能活蹦亂跳了呢。」
「那當然啦！都用了那麼多隆德草和治療藥，這樣反而算是很花時間喔。話又說回來……」
羅伊說著說著就嘆了口氣。
從他有些沉重的口吻，連已經猜到要講什麼了。
「近來森林的樣子很奇怪。小野豬的數量比以前增加太多了。」
「我在冬季就這麼想了。前些日子，騎士們也都說覺得不對勁。」
「果然啊……實際上，春到夏是小野豬的繁殖期，所以和平常不同，往往會有很多亢奮的個體出現在人們面前，但就算是這樣依舊太多了。」
「雖然獵得多收入就多，但這種讓人心裡有疙瘩的狀況，實在很難下判斷。」
連的說法得到羅伊贊同。
「現在也只能慎重一點，一邊看狀況一邊繼續打獵啦。」
羅伊咧嘴一笑。
連點點頭說「是啊」，然後仰望染上橘色的天空。
（太陽下山也變晚了呢。）
這證明了冬去春來，夏日腳步已近。
就在連享受季節變遷時——
「——！」

「————」

遠方傳來男性爭執的聲音。

連看向身旁，發現羅伊也注意到了，還對他點點頭。於是兩人直接把扛著的小野豬丟在田間道路上，奔往聲音來處。

聲音來自艾希頓家的屋子。

兩人花不了幾分鐘就已趕到，隨即看見除了克勞賽爾家的騎士之外，還有侍奉基文子爵的騎士。

「吵死啦！出了什麼事啊！」

「非、非常抱歉！其實是這些人————」

「喔喔，恭候多時啦！我們帶了信要給兄弟！」

「喂、喂！」

羅伊才剛開口，基文子爵的騎士就站出來插話。

這名騎士，正是以前在森林要求連帶路的騎士。

基於禮貌，羅伊收下了信。他看著信，心想「該怎麼處理才好呢」。

「請容我進屋再看。不過，您來這個村子有何貴幹？」

「當然是來邀請艾希頓家的。」

又來啦？連用手把臉遮住，嘆了口氣。

又來啦？羅伊努力避免笑容變成苦笑。

「子爵依然對兄弟的實力有很高的評價。令公子也是喔。」
「連？喔，之前也提過是吧。」
「嗯。為此，這回我帶來了新的提議。」
像這種時候，基本上新提議對於當事人來說都不會是什麼好事。
即使在旁人眼裡是殊榮，如果本人沒那個意願一樣只會是麻煩。
「對於連・艾希頓，子爵表示願意提供支援，讓他能進入名門——帝國軍官學院的特待班就讀。」
連猜中了，這對他造成相當大的衝擊。
羅伊代表驚訝的兒子走上前，詢問基文子爵的騎士。
「什麼——！普通入學都難如登天，我家的連怎麼可能進特待班……」
「確實，帝國軍官學院的特待班獨樹一格。除了七大英爵家和將軍家的繼承人之外，只有從小就在帝都經過激烈競爭後脫穎而出的極少數人才進得去。」
騎士這番話說起來得意洋洋、自信滿滿，連只覺得他的臉看了就煩。
（我絕對不去。）
帝國軍官學院，就是七英雄傳說的主要舞台。
至於特待班，更是主角群所在的班級。可以說只要入學就等於走向和遊戲一樣的未來。

「子爵是擔任過法務大臣輔佐官的人。他要寫推薦狀給學院也是做得到的。」
「這種事——也不是不可能，但要推薦我家的連應該很難才對！」
「嗯，或許是這樣沒錯。不過，子爵在連．艾希頓身上看見了可能性。」
「你說……可能性？」
羅伊的反應，大概和對方預料中一樣吧。
基文子爵的騎士愉悅地說道：
「說不定，艾希頓家有些許勇者盧因的血統……的意思。」
「啊——啊？哪來這種異想天開的說法……！」
「直接否定就太愚蠢嘍。考慮到七大英爵家幾乎同時有了嫡子，看見差不多就在同時期出生又有罕見表現的令公子，要說不覺得他有希望那是騙人的。」
「不可能！我們家族一直待在這個村子……！」
「但是，沒有人知道真相。說不定，艾希頓家就是從旁系再分出來的。不過，請放心。就算認錯人，連．艾希頓依舊是一名勇敢的少年。」
聽完這番話，連有了想法。
也就是說，基文子爵想拿自己為派閥鬥爭火上加油。
基文子爵是否真的認為艾希頓家混有勇者血統，這點無法確認。不過就像他的騎士所言，就算認錯人也無妨。
（如果更加活躍就會把我捧上天，要是犯錯大概會說我冒充勇者吧……）

怎麼想都只是當成棋子利用。所以羅伊也覺得這很愚蠢。

然而，這個場合重要的並非真相，而是英雄派的氣勢。

（該怎麼辦？是不是告訴他們主角住哪個村子比較好啊？）

可是，告訴他們又能怎樣？

若問對方會不會相信……老實說，要是立場對調，自己大概也不會相信。

從沒離開過村子的少年說「勇者的後裔就在那個村子喔！」誰會相信？

想必對方連調查都懶得做。

「這時候細節可以先放一邊。如果從那個學院畢業，等於保證能當上要職。即使從艾希頓家的角度出發，也只需要看這點就夠了。」

「嗯……這我也知道。」

「既然如此，事情就簡單了。對於您這位父親來說，這個提議應該不壞。」

但是，羅伊沒有表示意見。

看見他的反應，基文子爵的騎士轉向連。

「少年，你也想在帝都讓自己的才能開花結果吧？」

然而，就算他這麼問，答案也早已決定了。

「————不想。」

「我就知道你會這樣講呢。既然如此，還請你務必前來為子爵效力……慢著，你剛剛說了什麼？」

基文子爵的騎士又問一次。他驚訝地瞪大了眼睛。
「我不打算離開這個村子。」
「為、為什麼！」
「非常抱歉。我覺得在森林打獵保護村子的日子很充實……」
「你難道不想成為貴族嗎！在畢業的同時得到男爵位也不是夢喔！」
「實在是非常道歉，這對我來說負荷太重了。」
聽到連的答覆，基文子爵的騎士一時說不出話來。他一臉「我都說這麼多了，居然得到這種回應」的表情。
不過他很快就看向羅伊。
「……兄弟是怎麼想的？」
說穿了，只要羅伊點頭就行。
只不過，羅伊的回答也和連一樣乾脆。
「抱歉。先後兩次得到基文子爵大人這樣的聯絡讓我感到很光榮，不過請容我再次拒絕。我們家歷代都侍奉克勞賽爾家，我以此為傲。」
「你、你難道不想讓兒子成為貴族嗎！」
「那當然想啊。如果可以，我也想讓他去帝都上學，學些我在這個村子沒辦法教他的東西。不過啊，重點還是連自己的意願。」
「少年很懂事，他說不定只是客氣！」

「啊～那倒是不會。連確實是個體貼的孩子，但他說的不會有錯。」

就連條件這麼好的邀請都被拒絕，讓基文子爵的騎士十分激動。他的臉變得有些紅，緊握的雙拳甚至在顫抖。

然而，他終究沒有逼迫艾希頓父子。

即使表現得很不滿，卻還是保有最後一點禮節。

「……我很遺憾，艾希頓兄弟。」

說完，他對羅伊低頭致意。

然後他立刻轉身走向在附近等待的其他騎士，並且騎上自己的馬。

「喂、喂！我去寫回信，等我一下！」

「不，無妨。子爵那邊由我們轉達——告辭。」

他們沒等待羅伊回應便驅馬離去。

留在原地的羅伊抓了抓頭，口中嘀咕「看樣子叫了也不會回來啊」。

「唉……我原本還想寫封信避免失禮的。要是人家在我不知道的地方講些有的沒的，那可就麻煩了呢。」

「應該沒關係吧？打從拒絕第二次的那一刻起就沒什麼差別了。」

羅伊聽到連這句話，聳了聳肩說：「是啊。」

一直保持沉默的克勞賽爾家騎士走向羅伊，熱切地和他握手。

「我也會告訴當家老爺！羅伊兄弟不用說，連兄弟明明還年輕，剛剛卻表現得這麼忠心……我太感動了！」

另一名騎士也跟著稱讚兩人。

「實在太可靠了！艾希頓家的未來一片光明啊！」

被兩位打從心底覺得感動的騎士讚賞，連和羅伊不好意思地抓了抓臉。

◇◇◇◇

今天是連休息不打獵的日子。

春季陽光和煦宜人的午後，連把前些日子的騷動拋到腦後，和媽媽米蕾優在屋裡大掃除。

順帶一提，羅伊不在。他按照平日慣例，帶著騎士前往森林打獵。

「冬天的寢具必須換掉，我們一起努力吧。」

連先去換自己房間的寢具，米蕾優則去是換夫妻臥室的寢具。接著兩人又前往客房，準備更換客房的寢具。

但是，客房的床情況不太妙。

「……唉呀呀，發霉了呢。」

床本身很舊，發霉之後更顯得骯髒難看。

「總而言之，只能先開窗換氣了。」

連這麼說道，米蕾優點點頭。
兩人把客房的冬季用寢具拿走，和其他房間的寢具一同搬到屋子後面。用後面水井的水把寢具洗過之後，再搬到曬衣台。

往返數次之後，連突然停下腳步看向遠處。
「——嗯？」
他注意到，有一群克勞賽爾家的人穿過森林踏上田間道路。
入春後的第一次來訪，想必就是今天吧。
「還是一樣積極過度。」
驅馬走在田間道路上的騎士隊伍也已經見慣了。
不過，從遠處眺望的連，突然覺得有些不對勁。
領頭的拜斯表情與以往不同，十分凝重。馬匹的腳步也比平常來得快。
好奇出了什麼事的連，看向隊伍後方。
莉希亞閉著眼睛，背靠著同乘一馬的女性騎士。
（真稀奇啊。）
為了連來這個村子的莉希亞如此安靜，讓連有些疑惑。
雖然沒得到答案，不過反正都是要準備招待他們，於是連去找米蕾優，告訴她莉希亞一行人來訪。

「知道了。招待準備由我來做，連，你可以去迎接大小姐他們嗎？」

「好，我知道了。」

連答應之後，獨自返回庭院。

這段時間莉希亞一行人朝著艾希頓家移動，已經快到門前了。

連看見他們之後皺起眉頭。因為閉著眼睛的莉希亞看起來很痛苦。

注意到情況不對，連立刻跑向勒馬停步的拜斯。

「拜斯大人，先讓大小姐進屋。」

「抱歉，多謝你的細心。」

但是，要讓莉希亞使用的客房還沒打理好。

連想到客房的床現在還不能讓人躺。

「就這樣慢慢地帶著大小姐進來。我先去和媽媽說一聲。」

連這麼說完便衝回屋裡。

然後在一樓走廊碰上要找的米蕾優。

連慌張地把莉希亞身體不舒服這件事告訴米蕾優之後，指出客房暫時不能用並提了個意見。

「媽媽和爸爸的房間還有些藥草味，讓她用我的房間吧。我等到之後準備好了再去客房睡。」

就在母子倆決定讓連去睡客房時，拜斯和女性騎士來了。騎士懷裡抱著滿頭大汗的莉希亞。

連向拜斯解釋原委，告訴拜斯讓莉希亞睡到自己房間，然後一同上了二樓。

「應該還需要換衣服吧，我來幫忙。」

米蕾優說道。

「……真的很抱歉，也給米蕾優女士添麻煩了。」

「別在意。好啦好啦，事情就這麼決定了，男性到樓下等吧。」

連和拜斯互看一眼，然後目送米蕾優走進連的房間。

兩人穿過會發出聲響的走廊並下樓來到廚房，這才開口交談。

「大小姐身體不舒服差不多是在三天前——」

按照拜斯的說法，莉希亞的病常見於體內魔力多的小孩身上，而且這種病似乎不會傳染。只不過，就算魔力多也不見得會罹患。

此外，一旦得過就會有類似終生免疫的現象，也就是不會再得同樣的病。

這種病沒有明顯的前兆，發作總是來得突然，所以很麻煩。

「數天前我們在預定拜訪的其他村子附近，不過為了大小姐的身體著想，最後決定趕來這個村子。」

關鍵似乎是莉格婆婆。

「現在這種狀況，實在沒辦法回克勞賽爾呢。」

「是啊……雖然不至於危及性命，但是會發燒、頭痛，免疫力也會變差。因為併發症有可能致命，所以必須靜養兩三週……」
「如果是這樣，可以不用擔心。大小姐康復之前就待在這裡吧。」
「真的很抱歉。當然，如果包括我在內的騎士有幫得上忙的地方，儘管告訴我們。打獵也好、木工也罷，只要做得到，什麼忙我們都可以幫。」
老實說，兩邊都需要人手。
如果完全不麻煩拜斯等人，他們大概也會過意不去，因此連考慮在不至於失禮的範圍內請他們幫些忙。
「大小姐沒辦法像之前用神聖魔法治療家父那樣治療自己嗎？」
「嗯……大小姐成長之後或許做得到，但現在似乎還有困難。」
雖說是聖女，但莉希亞年紀還小。
剛剛的要求未免太強人所難。連在內心反省。
（這麼說來……）
就在話題告一段落時，連想起日前那件事。
「前一段時間，基文子爵的騎士又來這個村子嘍。」
「唔……又來啦？」
「而且這次講了要援助我進入帝國軍官學院就讀。說是什麼會美言幾句讓我能進特待班。」
拜斯聽了大吃一驚。
不過他立刻就點點頭，然後長嘆一口氣。

「若是少年你這樣的逸才的確有可能。講這句話的又是擔任過法務大臣輔佐的基文子爵，實在不像假的——那我也祈禱少年你能夠有所表現吧。」

「咦？」

「嗯？『咦』是什麼意思？」

「您講得好像我答應了人家一樣，但是我拒絕啦。」

「這——為什麼！」

拜斯震驚地一拳敲在桌上，發出「咚！」一聲。

（這、這張桌子很舊了，拜託別這樣。）

連暗自這麼想，並且把用來拒絕基文子爵騎士的說詞講了一遍。

聽到連的想法，拜斯啞口無言地坐了回去。

「……我答應你。」

不知為何，他突然一臉嚴肅地看著連。

「這趟遠行是最後一次，以後我不會再帶大小姐來這個村子。」

「咦？」

「其實除了大小姐本人的意願之外，我也期待大小姐能從少年你這邊得到良好的刺激。但這一切都是在占你們便宜，是在濫用艾希頓家和少年你的善意……而這是最後一次了。」

「那、那個，怎麼突然講這種話？」

「你已經像方才那樣展現了自己的忠心，我們也不能單方面承你們的情。」

看樣子拜斯不喜歡濫用權力，尊重連他們的意願。
先前沒有硬把連帶去克勞賽爾，想來也是因為這樣吧。
這一次看見艾希頓家的表現之後，他決定就到此為止了。

可是——

（……也讓人覺得有點失落呢。）
雖然有這種想法實在不太合理，但連並不討厭莉希亞的為人。
要說和她相處時沒有半點樂趣，感覺未免太假。
……或許是因為這樣吧？一想到這回是最後一次，就讓連覺得有點可惜。

◇◇◇◇

拜斯確認莉希亞的症狀之後，派幾名騎士趕回克勞賽爾。當然，這是為了告知男爵會晚歸。
莉希亞身體狀況開始穩定下來，已經是三天後的事了。
「大小姐，連兄弟來了。」
『……嗯，進來。』
時間已過了傍晚。
莉希亞看準自己身體狀況比較好的時機把連找來，坐起身要和連談話。

女性騎士打開門，床上的莉希亞和連四目相視。

（……臉還很紅。）

連看著莉希亞，發現她氣色不佳而且很虛弱。

「我就在外面，有什麼事請叫我。」

男爵千金暨聖女，和侍奉男爵家的騎士之子一對一。

連還以為，貴族應該會嚴防男女交流。

在這種情況下把連一個人留在房間裡，實在令人有些疑惑，不過考慮到兩人的年齡之後，或許認為會**犯錯**才是失禮。

這麼說服自己的連，走向莉希亞。

「——對……不起。」

她看見連來到床邊，開口第一句話就是道歉。

那充滿了懊悔、丟臉、歉意的悲痛表情伴隨著淚水，和過去的強勢模樣不同，看起來無比脆弱，連聲音也沙啞無力。

「用不著道歉！所以，拜託別低下頭！」

即使連制止，她依舊沒停。

所以儘管覺得自己這麼做有失禮數，連依舊將雙手放到她肩上。

（……好燙。）

在為莉希亞體溫之高感到驚訝的同時，連也因為她停下了動作而鬆口氣，然後把手收回。

「我——」

「放心。家父家母都不會覺得麻煩。」

連已經從拜斯口中得知，莉希亞滿心都是歉意。她是自己要來這個村子的，卻一來就因為生病而借用床舖躺到現在，這似乎讓她非常自責。

……想必她現在覺得自己的表現非常難為情吧。

「身體——雖然還沒好，不過看來已經有在恢復，那我就放心了。」

連開口轉換話題，同時坐到床邊的圓椅子上。

十數秒的沉默過後，莉希亞慢吞吞地開口。

「……我想你應該已經聽拜斯說了，我們這次遠道而來，也是為了向基文子爵表態。」

（不，我沒聽說。）

「所以我們預定比往常多巡迴幾個村子，來這裡之後回克勞賽爾也會繞路……打算藉由我這個聖女在領內巡迴一事，讓別人知道克勞賽爾很團結。」

沒有上級貴族保護的中立派克勞賽爾家，能做的頂多就是這樣。

表達出明確的抵抗意志，藉此避免基文子爵以外的英雄派出手，可以說是不得已的應對方式。

即使這種抵抗沒什麼效果，只能說明自己很脆弱。

「本來應該是這樣的……我真恨自己這麼沒用……」

莉希亞抱著大腿，肩膀不停顫抖。

沙啞的聲音開始混了些嗚咽。

「……面對你也是一次都沒贏過。這樣根本只是個給人家添麻煩的小女孩。」

「比試歸比試。如果拿出真本事，輸的或許會是我。」

「……你在安慰我啊。不過，現在的我只是在丟亡母的臉而已。」

連現在才知道莉希亞的母親已經去世。

至少，這應該是連出生以後的事。

（如果是這樣，爸爸去克勞賽爾弔唁也不奇怪，但是我完全不記得爸爸有離家過耶。）

即使喚醒嬰兒時代的記憶，他也不記得羅伊有離開過這個村子。

看見連陷入思索的側臉，莉希亞猜到他在想什麼。

「克勞賽爾服喪時，我父親有聯絡大家，說負責管理村子的騎士不用出席。」

「……妳為何知道我在想什麼？」

「大概猜得到。你啊，意外地好懂呢。」

連露出尷尬的表情，老實地說「對不起」。

「不用在意啦。」

莉希亞接著說道：

「聽說母親大人知道我是聖女時，高興得差點跳起來。據說她在因病去世的那一天還講……『莉希亞一定會成為了不起的人』。」

莉希亞談起母親時，看起來十分自豪。

「我只在肖像畫上見過母親大人的臉，也不記得她的聲音……但是每當穿上那身衣服戰鬥，就會覺得她在鼓勵我。」

「難道說，就是比試時穿的那套衣服？」

「對。那套衣服啊，聽說是母親大人小時候穿過的衣服。母親大人出身於帝城值勤騎士的家族，所以小時候好像常穿那樣的衣服。」

也就是亡母留下來的紀念。

對於莉希亞來說，要認真比試的時候，非常適合穿那套衣服。

「——不過，全～部都是白費力氣。」

聽到這裡，連覺得自己對於莉希亞這名少女的心似乎多少有了些理解。

被稱為聖女、受到眾人期待的她，除了希望能回應期待的心情之外，也有對於亡母的強烈思念。

「不過，你放心。我已經和拜斯談過了。我一再害得你們家慌慌張張，真的真的很抱歉。這是最後一次了。」

果然，這名少女人品高尚。

她的努力除了自己渴望成長之外，也是為了亡母與期待自己的眾人，這個事實讓連不得不這麼想。

但是，現在的莉希亞看了就令人難受。

她無比純粹，就像毫無汙點的白銀一樣乾淨。

「————下次來的時候，請帶個能生火的魔道具。當然，有多餘的再帶過來就行了。」

莉希亞抬起頭，看向自己也不知道在說什麼的連。

她的眼睛哭得又紅又腫。

「這是……什麼意思？」

「我在想，要是土間有個能生火的魔道具，應該會很方便。」

「所、所以說！你講『下次』是……！」

「就是下次再來的時候嘍。」

「我說啊……！我都已經說過會給你們添麻煩，因此以後不來了耶！」

想當然耳，莉希亞十分困惑。

她翻找記憶，回想過去連展露的表情。

「更何況你……不是一直逃避和我比試嗎……」

「呃～這個啊，我想請大小姐好好想一想。」

「……想什麼？」

「一般來說，有個人突然上門說要比試，無論是誰都會一頭霧水吧？」

這雖然不是最重要的理由，卻也是真心話。

莉希亞沒想到連會在這種時候講起道理，當場愣住。

至於連，則是微笑地看著莉希亞。溫柔、成熟的笑容，讓莉希亞不禁想要依賴他。

「大小姐也覺得會吧？」

「……會。」

「能夠得到您的同意真是太好了。從下次開始，希望盡可能事前說一聲，只要有接到聯絡就無妨。還有，我完全不打算離開這個村子，這一點也請別忘記。只要是在村裡，我可以奉陪。」

說完，連站起身。

「您應該差不多需要休息了，我先告退。」

「等、等一下！你剛剛說的，真的可以嗎？」

「是的。所以，等到大小姐康復之後，我們再慢慢聊吧。」

連走向門口。

莉希亞向他的背影伸出手，卻因為心裡還有顧慮而忍了下來。

「到了這時候還講這個時候很抱歉……晚點可以借一下筆和墨水嗎？我必須寫封信給父親大人，但是墨水在路上用完了。」

看樣子她有紙和信封。

「桌上有個盒子，裡面裝了我的筆，隨時都可以拿來用。」

「……謝謝。」

「哪裡哪裡。那麼，今天就到這裡。」

最後再度一笑的連走到門外，轉身對莉希亞低頭致意。

◇◇◇◇

莉希亞虛弱地目送連離去，然後發現他都已經走了自己還盯著門看。

「……我的目光，為什麼會一直放在他身上呢？」

將疑問說出口後，她倒回床上。

燙得像被火烤、痛得像要裂開的頭，不知不覺間似乎稍微舒服了點。

「來人。」

她呼喚應該就在房間外的專屬護衛騎士。

莉希亞吩咐騎士把拜斯叫來，沒多久拜斯就到了。

「有什麼吩咐？」

「我有事要拜託你。其實——」

至於內容，則是討伐魔物。

莉希亞一行人來這個村子時，也親眼目睹了森林裡小野豬數量異常的狀況。

她心想，讓拜斯和騎士去幫忙，應該可以削減不少。

「**我會無法護衛您**，**這樣好嗎**？」

「現在講這個太晚了吧？一來就算你不在我也能遠行，二來我在克勞賽爾上街時不是有專屬護衛嗎?同樣的道理。這裡還有很多別的騎士在,不會有事……反正我也只是躺著,你去為艾希頓家做點事吧。」

當然,莉希亞很希望是由自己盡這份責任。

她從未這麼恨過生病。拜斯明白莉希亞的想法,為她的成長而感動。

「我會代替大小姐,全力報答艾希頓家。」

最後,他欣然答應了莉希亞的請求。

然後心滿意足地離開了連的房間。

此刻只剩一人,整個房間籠罩在寂靜之中。

些許的孤寂感讓莉希亞無法入睡,於是她從床上坐起。

然後看向連的桌子。

「嗯……就借用一下筆吧。」

本來應該好好睡一覺,但她實在睡不著。

所以,莉希亞想在不至於太勉強自己的狀態下寫信。

她擠出力氣,試著站起身。

身體恢復得比想像中快,她順利地從自己的包包拿出寫信的羊皮紙。

接著走向連平常用的書桌,尋找連講的盒子。

桌上的小盒子有兩個。

一個放在桌子角落，外面有雕飾。
另一個小而扁平的放在桌上，很普通，沒有任何裝飾。
「……是哪一個呢？」
連只說桌上的盒子，沒說筆放在哪一個裡面。
不曉得該選哪一個的莉希亞，手伸向有雕飾的那個。
打開盒蓋，裡面沒有筆。

相對地──
「……這是什麼？」
她看見一張被隨便折起來的羊皮紙，疑惑地歪頭。
不過，很快就冒出了「該不會……」的念頭而伸出手。莉希亞的手指在顫抖。並不是因為生病。她戰戰兢兢地拿起羊皮紙。
希望是自己弄錯了。
在內心如此祈求的她，攤開羊皮紙──

「～～！」

攤開之後，她立刻用力把那張羊皮紙抱進懷裡。

極度的羞恥，讓莉希亞的臉頰與頸項比發燒時還要紅。

「為、為為為……為什麼這個會在他房間啊！」

不會錯。這就是自己以為弄丟了的那封信。

拜斯說簡直就是情書，自己冷靜下來一看也認為毫無疑問是情書，卻沒想到會在這裡和它重逢。

「他到底是在哪裡找到——不對！這絕對是看過了嘛……！」

她戰戰兢兢地把羊皮紙拿開，抱著一線希望看了一遍。

然而，內容沒變，和剛才看見的一樣。

這毫無疑問是自己寫的信，它就放在連的房間——而且小心翼翼地保管在盒子裡。這個事實不會改變。

「他不是看我不爽嗎？既然如此，立刻丟掉不就好了嗎！為什麼要放進這種盒子裡……啊～真是的！為什麼啦！」

根本莫名其妙，讓人尷尬到連這幾天為了生病而苦都忘了。

她在心裡用「這不是情書，只是當時太激動而已！」來解釋，還「我並不是喜歡他……只是喜歡他的強大和為人……！」地回顧起當時的錯誤。

不過，一思考起這些，腦中就浮現連的表情。

那剛剛還在自己身邊的溫柔微笑。
「……什麼跟什麼嘛，真是的。」
不知為何，莉希亞突然冷靜下來，然後又想起連。
她重新把那封很像情書的信抱入懷裡，回過神時，發現自己的目光又盯著連離去的那扇門。
就和他剛剛離開後自己盯著門看一樣。
「我又不是喜歡——」
這句不是對任何人說的辯解，只講了一半。
接下來的部分莉希亞並未說出口。一會兒後，她把手上的羊皮紙放回盒子裡。
反正人家已經看過了，那就認命吧。她也沒有把信收回。

莉希亞默默地走回床邊，仆倒在床上。
「為什麼要小心翼翼地保管啊？笨蛋。」
她沒打算拿喜歡、討厭之類的感情去質問連。
不過，莉希亞還是有句話想問。

——讀了那封信，你有什麼想法？

如果這樣問，他會怎麼回答呢？

想像起他的答案後，腦袋裡的思緒變得一團亂，感覺身體又發燙了。

莉希亞用「都是生病害的」敷衍自己，把臉埋進枕頭裡。

◇◇◇

隔天，早餐後。

做好打獵準備的連，站在庭院等待羅伊。

「幸好，拜斯大人他們決定伸出援手，不管是討伐多得誇張的小野豬還是木工都會幫忙。所以今天打獵可以休息一天。」

「喔～這還真是幫了大忙呢。」

「所以說，我要和拜斯大人一起去保管庫，連你就留在村裡做木工啦。」

聽到「保管庫」這個詞，連疑惑地歪頭。

「我沒告訴過你嗎？吊橋附近有間小屋，裡面堆了木材。先前提到要修理房子之後，我就開始一點一點地把木頭堆進去。」

前往保管庫的羅伊和拜斯會確認森林的狀況，並且把木材交給騎士們搬回來。

「我會待在保管庫下指示，由拜斯大人帶幾名騎士進森林。」

父子倆將這些確認完畢時，拜斯來了。

緊接著米蕾優也走出屋外。

「羅伊兄弟，事不宜遲……」

「好的，我剛交代完連。」

然後米蕾優開口。

「我要去莉格婆婆家。必須請她製作大小姐的藥，應該要過了中午才回來。」

「米蕾優女士，真是不好意思。」

看見拜斯低下頭，米蕾優連忙說：「請別放在心上！」

「因為各位騎士必須護衛大小姐嘛。這種工作呢，就包在我身上。」

她這麼說完，便先一步走上田間道路。

連等人也跟著離開庭院，和已經在外面等待的騎士們會合。

「好啦，騎士團諸君。」

拜斯這句話一出，騎士們個個立正站好。

「我們必須回報這份恩義。迅速就定位，好好發揮平常鍛鍊的力氣。」

騎士們以雄壯的聲音應答。

眾人迅速開始動作。有人跟著羅伊和拜斯走，也有人往木工地點移動。

（……今天雲很厚呢。）

連在開始行動前，仰頭望向天空。

他向主神祈禱，希望別下雨。

◇　◇　◇　◇

不出所料。

大家開始行動不到兩小時，天色便急遽惡化下起了雨。再加上短短數十秒就已開始起霧，連稍微往前一點的地面都看不清。

「連兄弟！我想暫時休息會比較好！」

「我想也是……畢竟天氣變得很糟嘛，我知道了！」

連先前都在田間道路的資材設置處與自家之間來回移動。

要修理的地方不止自家，還有其他老舊民宅，設立一個中繼地點比較方便。

（雨好大啊。）

雨勢愈來愈強，地面也變得泥濘。

在天氣穩定下來之前，就先躲回家裡休息一下吧。

……做出決定後，連眉頭一皺，仔細地聞了聞。

（這股臭味是怎麼回事？）

混在濕泥土氣味裡的刺鼻臭味。

那是有東西燒焦的氣味。

在這個村子，有些村民每年火耕數次。

這股濃厚的焦味，和他們火耕時很相似。
走在連身旁的騎士也注意到這股氣味，皺起了眉頭。
（從那邊傳來的。）
臭味來自艾希頓家的方向。
注意到這點的連，下意識地加快了腳步。

隨著一步又一步地接近，某個畫面映入連的眼裡。
烈火。
艾希頓家的屋子，遭到散發深紅光亮的烈焰包圍。
「為……為什麼家裡會……」
會感到疑問也是理所當然。
但是相較之下，連更在意屋裡的人。不是騎士們————而是莉希亞。
「連兄弟！先等等！」
連沒理會騎士的制止，衝向自家。
十幾分鐘的路程，轉眼間就已跑過。
「呼……呼……」
儘管天降大雨，深紅烈焰依舊熊熊燃燒。被濃霧遮住的火勢，宛如太陽一般宣揚自己的存在感。

靠近屋子時，又聞到一股新的氣味。
在霧氣和雨勢之中，飄有淡淡的血腥味。
（必須再快點……！）
老舊柵欄已經出現在濃霧彼方。
再往前一點，連就看見了倒在庭院的騎士們。
他靠近想詢問情況，卻發現全都已經斷氣。頸部留下疑似被撕咬的慘烈傷口。
連伸手摸騎士的身體，還感受得到餘溫。
證明他們喪命還沒過多久。
（趁著起霧動手，聲音也被雨勢蓋過……！居然有人能夠在短短一瞬間做到這種事……？）
充滿回憶的自家遭到猛火包圍，出入口看上去甚至像一頭噴出烈焰的龍。
即使如此，連依舊沒停下腳步，而是勇敢地踹破家門。手裡緊握為了備戰而召喚的鐵魔劍。
此時，連有些猶豫是否該等待騎士追上。
如果是某人放火並襲擊騎士們……那人說不定還在屋內。
和騎士們會合，絕對比一個人來得好。
——可是，這段時間莉希亞會怎麼樣？

騎士們應該數分鐘內就會趕到。
但是，如果莉希亞就在自己等待時死於凶刃之下呢……一想到這裡，再害怕都無法停下腳步。

連深吸一口氣，「啪！」地用力拍打臉頰，走進屋內。
「怎麼會變成這樣……」
屋裡被火焰映照得一片通紅。
儘管皮膚被湧來的熱浪烤得發痛，連依舊走進烈火中，衝向已經半毀的樓梯。
視野角落，已經無法再說話的騎士倒在地上。
面對這顯然不尋常的狀況，連鼓起勇氣對抗恐懼，奔往自己房間。

然後，他到了。
連忍耐著灼傷的痛楚，粗魯地打開自己房間的門。
「大小姐！」
他朝著床鋪大喊。
同時，他發現床邊有一名男子，以及兩隻魔物。
男子周圍有一層發出藍光的帷幕，沒受到火焰影響。
「——你就是連．艾希頓嗎？」

站在沉睡莉希亞身邊的男子說道。
他裹著灰色長袍，只聽得出嗓音冰冷，看不出長什麼樣子。
看見男子手裡的白色木杖，連下意識地舉劍以對。
（那是……）
——**噬魔怪**。
乍看之下會讓人聯想到巨大黑蜥蜴，但是沒有鼻子，臉上只看得見滿口利牙的大嘴。那帶有蝙蝠狀翅膀的身軀，則和成人差不多大。
連回想起關於噬魔怪的知識。
他緊張地嚥下唾液。
「是你幹的嗎——魔獸師？」
「喔？看得出來啊？」
「看不出來是笨蛋。那兩隻是噬魔怪對吧？能運用火焰，又能創造保護主人免受自身火焰危害的帷幕，我想不到其他可能。」
聽到連這麼說，男子冷笑一聲，離開床邊朝連走來。
連舉起鐵魔劍，男子每走近一步他就退一步。
「這些噬魔怪確實是我召喚的魔物。你居然知道魔獸師的能力，令人驚訝。」
雖然全都是從七英雄傳說得知的，但是沒有出錯。連暗自鬆了口氣。
相對地，眼前的緊迫情況則令他無比焦慮。

（動腦思考。該怎麼做才好？）
噬魔怪是能夠用魔獸師技能召喚出來的魔物，換算成一般魔物相當於D級。
眼前有兩隻。不用說也知道，這一戰無法輕鬆擺平。
（不，爸爸和拜斯大人應該很快就會趕來才對。）
照理說自己只需要拖時間。
就在連提高警覺，心想必須盡可能把這種膠著狀態拖下去時——
「咦……？」
屋子劇烈搖晃。
從內側襲擊老舊房屋的烈火，以不輸給外頭大雨的威勢要把屋子燒光。
這場搖晃，讓連房間的天花板猛然震動。
於是，位於床上方的天花板開始崩塌。
「混蛋——！」
連看到情況不妙，立刻召喚木魔劍，製造樹根和藤蔓試圖阻止崩塌。
噬魔怪見狀張開大口，噴出火焰。
樹根與藤蔓轉眼間化為焦炭。天花板的崩塌並未停止。
所以連只能拚命衝上前去。
「該死！」

連一再使勁揮動木魔劍，盪開火焰向前進。

他腳步始終沒停，順利抵達床邊劈開崩塌的天花板護住莉希亞。

然而，就在他將目光從魔獸師身上移開的瞬間。

「給我睡一會兒吧。」

男子的冷淡聲音響起，同時連聞到很像薄荷的清爽香氣。

一聞到這股香味，連身上的力氣便逐漸消失。

沉重的眼皮擅自落下，他就這麼無力地倒在莉希亞身旁。

「你做了……什麼……」

「用了點香。能讓小型龍睡上數天那種。」

聽到這句話的連，向莉希亞伸出手想保護她。

但是，就在摟住少女嬌弱身軀的那一剎那，連失去了意識。

十章 與聖女為伴的逃亡之旅

感官全都很遲鈍。
彷彿自己變得不是自己，所見景象違背自身意志不斷流轉。
不知不覺間，連看著自己的背。
他就像緊隨自身的影子一樣，隔著一定距離跟在自己背後。

——村子在燃燒。

和現在的連不同，只扛了兩隻小野豬的連，愣在田間道路上。
走在身旁的騎士們也都說不出話來。
『媽媽……？』
那個連突然丟下小野豬，拔腿往前衝。
他和同樣拔腿狂奔的騎士們並肩同行，趕往艾希頓家。
……他們抵達時，屋子已冒出熊熊烈火。
『怎麼會……』
連見狀無力地跪倒。

不過，依舊顫抖著靠近自家屋子。
但是，他被攔住了。騎士們架住連，奪走他的自由。
『不可以！』
『放開我！媽媽她————！』
『……不行！要是衝進火裡，你也會……！』
即使如此，連依然持續抵抗。
卻虛弱無力。
眼前所見的少年，脆弱得無法想像是自己。
『我在爸爸臨死前和他約好了！絕對要保護媽媽……所以……！』
連看著不是自己的自己，視野角落瞄到一個樸素的石墓碑。
從未見過，卻讓他有股寒意。
然後，就在這時。
『讓開！快點！』
背後傳來的馬蹄聲裡，混了一名少女的呼喊聲。
兩個連轉頭看向聲音來處，登時有道耀眼的光芒裹住周遭一帶。
————在那之後，又是新的景象。
這一次，連依舊從不是自己的自己背後看著。

此刻正當黃昏。
身處村郊平原的連，佇立於許多麻袋前。
『連兄弟，莉格婆婆她……』
『……我知道。我已經有心理準備了。』
連回答時沒有轉頭，肩膀不停顫抖。
騎士從背後向他低頭致意，轉身離去。
這時候，甲冑上沾滿煤灰的拜斯現身。
『——少年。』
拜斯緊緊抱住愣著不動的連。
沒多久，他同樣淚流滿面。擁抱持續了一會兒後，拜斯說出已不知是第幾次的道歉話語。
『抱歉。要是我們能夠再早一點趕到就好了。』
『……沒關係。一切都是因為我太弱。』
『但是……』
『不……爸爸那時候也一樣。爸爸過世那一晚，我該鼓起勇氣去採隆德草的。這麼一來爸爸就不會死，或許能解決今天那群賊。』
『不是這樣！錯在我們！』
『……各位騎士裡頭，也有人就算失去了手腳依舊奮戰。之所以能夠討伐被爸爸趕走的竊狼，也是多虧了大家喔。』

所以，這不是他們的責任。連這麼表示。

『更何況，你們救了媽媽。就連那群賊，也是拜斯大人出手解決的嘛。』

『……不，逃了一個。抱歉。如果我們再早一點趕到就好。』

『別再說了。要是讓拜斯大人道歉，爸爸會生我的氣。更何況——』

連接著說下去：

『剛才那位……是大小姐對吧？我第一次拜見到她的尊容。』

『嗯……冬天的竊狼事件讓大小姐十分心痛，所以她擔任當家老爺的代理人同來這個村子……』

『聖女大人真的很厲害呢。連燃燒屋子的火焰都能撲滅。』

『……是啊。』

『多虧有她，媽媽才保住一命。你們做了這麼多，還要我恨拜斯大人……根本不可能。』

說完後，連無力地坐下。

他抱住大腿，在平原上那些人類尺寸的麻袋前垂下頭。

寂靜無聲的數分鐘過去，連已經放棄思考。

從今天起該麼辦呢？這個村子已經沒辦法住人了。

絕大多數的屋子都已燒掉，糧食也所剩無幾。對於未來的不安逐漸占據心頭。

『……我坐你旁邊喔。』

此時傳來少女——不，莉希亞的聲音。

連抬起頭。

見到手指纏上綳帶、臉頰等處也受了擦傷的莉希亞。

『你媽媽的身體，我已經盡可能治療過。其他村民也……盡我所能了。』

莉希亞不顧自己身分高貴，即使受了傷仍舊盡力拯救村民。

『非常感謝您──那個……』

『不過，如果不繼續治療恐怕不會清醒。所以她和其餘生存者，會由我們護送到我所住的城市或其他村落。』

說完後，莉希亞看向連的臉。

莉希亞表示，賊應該是英雄派或皇族派的人。

只不過，這次別說前兆了，甚至沒有半點能夠預料的因素。

即使如此，莉希亞和拜斯仍然堅持是他們的錯。特別是莉希亞，她表示如果能讓她補償，無論什麼事她都願意做。

『……老實說，我不知道該怎麼辦才好。我沒有餘力恨你們，光是重傷的媽媽和村民就顧不完了。』

莉希亞什麼也沒說，只是沉痛地點點頭。

「可是，爸爸曾經說過。我們是侍奉克勞賽爾家的騎士，要拚上性命保護這個村子……所以，我現在沒辦法去想別的……」

說完，淚珠自連的眼裡掉落。

他先前努力撐到現在，不過此刻一口氣瓦解了。

莉希亞溫柔地抱住了連。

◇◇◇◇

剛剛那是夢……嗎？

連睜開眼睛，迷迷糊糊地想著。

（那是遊戲裡的連和大小姐……嗎？）

好像看見了自己所不知道的世界線——這樣的猜測突然閃過腦海。

但是，連並不知道為什麼會突然作這種夢。

在這裡的連只知道一件事。

（七英雄傳說的連．艾希頓，和聖女莉希亞關係似乎不差。）

儘管早就覺得他奪人性命有相應的理由，但是回想方才那段疑似作夢的情景，不得不讓人認為，會採取那種行動背後另有理由。

話雖如此，但沒有更多情報也無從推測。

真要說起來，如果不知道突然作那種夢的理由，也就不會曉得那是真是假。

因此，連把重點放在理解現狀。

（這個氣味……）

最先知覺到的，是混合了木頭氣味的霉味。

然後全身都感受到不舒服的晃動，木材摩擦聲接著傳入耳裡。也聽得到嘎啦、嘎啦的踩踏聲。

先前由於很暗所以看不清楚，不過瞇起眼睛仔細打量周圍後，連就明白自己正躺在一個看似老舊小屋的空間。還發現手腳都被綁住。

這裡是哪裡？儘管能夠從牆壁縫隙照進來的光線看出現在是白天，其他部分卻一無所知。

不過，身旁傳來有些痛苦的呼吸聲，因此連試著往聲音來處看去。

「大小姐……！」

他不記得遭到魔獸師迷昏後發生什麼事。

換句話說，對方應該正帶著他們往某處移動。

「呼……呼……」

「大小姐，是我！連．艾希頓！」

「呼……啊……」

即使搭話，莉希亞也沒有回答。

只看得出她不斷喘息，而且滿頭大汗。

『喔?居然醒了，這還真令人驚訝。』

突然，有個說話聲從這片空間之外傳來。

那是在自家聽過的魔獸師聲音。

『睡得很飽吧？躺四天應該夠了。』

（他說四天……？）

如果已經睡了那麼久，想來已經離村子很遠。

『連．艾希頓。你只要老實點就不會有事。別想些多餘的事，再忍幾天吧。』

「……回答我。大小姐也會平安無事嗎？」

『那當然。但是我說「沒事」你肯相信嗎？』

「這……」

『放心吧，我這人不說謊。』

魔獸師笑著說道。

『只不過，當初沒料到她會生病。如果途中弄得到藥，我會讓她服用的。』

莉希亞的病雖然不至於要人命，但如果引起併發症就可能死亡。

一如拜斯所言，莉希亞的身體狀況持續惡化。

在這種只有些許日光能照進來又充滿霉味的環境，病情惡化是理所當然。

『真要說起來啊，截至今天為止可都是我在餵你們兩個回復藥。我倒覺得你們應該感謝我呢。』

「什……你這傢伙居然講這種話……」

「……呼……啊……」

連火冒三丈，此刻身旁的莉希亞仍在痛苦地喘氣。
自己不能就這樣默不作聲，這也是為了她。
（那句「如果弄得到藥」也不能相信。）
這個男人襲擊自己家、殺害騎士們，連從一開始就不打算相信他。
所以，非逃不可。
如果不逃離魔獸師並且想辦法弄到藥，莉希亞會有生命危險。

但是連從來不曾離村。
倘若已經在馬車上過了四天，那麼就算逃離魔獸師，連也不曉得該如何是好。在對環境不熟的情況下，或許會橫屍野外，不過——
（我不可能拋下大小姐。）
儘管乖乖閉嘴似乎就能保住自己的命，但是連不打算接受。
即使這麼做可能導致莉希亞喪命，進而避開和七英雄傳說一樣的未來，但如果在這種時候拋下她，連敢肯定自己絕對會後悔。
（魔劍……沒看到啊。）
當時召喚後沒有收回，應該是被魔獸師藏起來了。
不過對於連來說不成問題。魔劍只要重新召喚就好。
畢竟魔劍沒有毀壞，重新召喚應該也不至於造成太大的負擔。

只要有魔劍就有機會，不過連認為逃跑該晚一點，至少等到魔獸師睡著。

（在不熟悉的地方趁夜逃跑……簡直像個傻子。）

◇◇◇◇

陽光不再從木材縫隙照進來之後，又過了一會兒。

連明白這是清醒以後的第一個夜晚。而他發現馬車突然停下來了。

「話說回來，要是我大聲呼救，你打算怎麼辦？」

『那是白費力氣。裡面的聲音只有我聽得到。因為我設置了這樣的魔道具。』

還真方便啊——連嘆了口氣。

「呼……啊……」

連聽得到身旁莉希亞痛苦的呼吸聲。

從她難受的模樣看來，病情應該比白天更嚴重了。

「讓馬車速度快一點。」

『已經晚上嘍。今天先睡一覺，明天再找村子。』

魔獸師無情地撂下這幾句話後站起身，馬車跟著搖晃。

他原先坐在車伕席，起身後走到馬車側面解鎖開門。

魔獸師把幾樣東西丟給裡面的連。

肉乾、乾到不行的麵包，還有裝在皮袋裡的水。

「讓你寶貝的大小姐吃吧。」

魔獸師說完就關上車門。

連在馬車裡爬行，打開水袋。

然後咬住水袋，送到莉希亞嘴邊讓水往下流，隨即看見她開始慢慢地喝水。

過了一會兒，連又把水灑在乾透的麵包上。他說聲「對不起」，然後用嘴叼起沾濕的麵包放到莉希亞唇上。儘管這東西不太容易下嚥，莉希亞依然呻吟著嚼了幾口。

（看這個樣子，要再撐個幾天實在不可能。）

莉希亞不用說，連的體力也不斷流失。

（就是今晚。沒空觀察狀況了。）

下定決心之後，內心不可思議地十分平靜。

——不知不覺間，已經能聽到魔獸師的輕微鼾聲。

（只能動手了。）

但是，不能想著要打倒魔獸師。

目的是逃跑，離開現場。

這裡有相當於D級的噬魔怪，所以別無選擇。

（要上嘍，連——！）

連讓原本放在魔獸師身邊的鐵魔劍消失，然後重新召喚鐵魔劍。

魔劍「咚」一聲落進馬車裡，連立刻用綁住自己手臂的東西貼上去。那東西是金屬鎖鍊，然而鐵魔劍三兩下就把它割斷了。

連接著割斷腳上的束縛，再處理掉綁住莉希亞的鎖鍊。

然後他扛起莉希亞，手裡緊握鐵魔劍。

他舉起手臂，感覺身體很重。

話雖如此，不過身體能動已經該慶幸了。實際上，既然已經昏睡了四天，無力動彈也是理所當然。

（先前他好像有講到回復藥怎麼樣的。）

回復藥這項道具除了回復體力之外，還有解除狀態異常的效果。

大概是喝了回復藥加上身體能力UP（小）建功，身體才能保有力氣吧。

（無論如何，運氣還不錯。）

連靜靜地拿起鐵魔劍水平揮出。

這一劍砍斷了攔阻他們外出的鎖，於是背著莉希亞的他打開車門。

（……沒問題。他沒醒。）

連探出身子，發現魔獸師就坐在車伕席。幸好魔獸師沒有醒，依然抱胸安睡。

鬆了口氣後，連環顧周圍，得知自己身在一片黑暗的森林裡。

『嘰……？』

就在這時。

聲音從旁邊聳立的樹上傳來。連仰頭往聲音的方向看去，看見兩隻拿粗樹枝當床鋪的噬魔怪。

「——你怎麼逃出來的？」

醒來的魔獸師下了馬車，走近連問道。

噬魔怪也拱起身子，張開翅膀。

「劍應該在我身旁才對，為什麼會在你手裡？」

「這是我的劍，我愛怎麼用都行吧。」

「嗯，確實不是我的劍。不過，你還是放棄吧。如果老實一點，我還能讓你見到父母喔。」

「不過，大小姐會怎麼樣就不知道了。」

「……唉呀呀，你的忠心還真是感人。對我來說實在太耀眼了。」

魔獸師語帶嘲諷。

「這是最後的警告。如果你不自己回馬車，就得沿路忍受痛苦。」

他用冷酷的語氣威脅連。

兩隻噬魔怪已經飄在連的背後。若是不給出魔獸師要的答覆，這兩隻魔物就會撲向連。

突然，莉希亞的聲音，就像抓準了機會似的傳入連的耳裡。

「……你一個人……逃……」

她是什麼時候醒的？

感到疑惑的連，以微笑回應莉希亞的高尚情操。

「不，要逃就一起逃。」

這句話成了信號。

面前的魔獸師打了個響指，對噬魔怪下令。

兩隻魔物振翅接近連的背後。牠們比有身體強化的連還要快，伸長了脖子想要先把連背上的莉希亞咬成碎片。

聽到背上莉希亞的虛弱呼吸聲，更讓連的內心激昂不已。

「改變主意的話隨時說一聲，或許可以只受點輕傷喔。」

「放心吧！我不打算改變主意！」

連背著莉希亞繞到馬車背後，躲避逐漸接近的噬魔怪。

他順勢高舉鐵魔劍，毫不客氣地砍向馬車。這一劍不僅將馬車砍成兩段，強大的力道甚至讓車廂部分整個爆開。

撲向兩人的噬魔怪被逼得仰頭，讓連有了些許空間。

連趁機看向魔獸師。

魔獸師雖因為連展現的力氣而驚訝，和連對上眼後卻沒有挪開視線，反倒毫不畏懼地冷笑。

於是連對準魔獸師的臉擲出鐵魔劍。
鐵魔劍從魔獸師的頸項擦過，他原本戴著的**項鍊被割斷後飛到半空中**。
「居然把武器丟過來，真是愚——什麼！」
鐵魔劍才剛掠過魔獸師就消失無蹤。
連用另外召喚出來的木魔劍發動自然魔法，使得大地隆起，伸出地表的樹根則綁住了魔獸師的腳。
不能錯過這個機會。
連離開已經只剩下車輪與鄰接部分的馬車。
拜斯送他的短劍落在地面，可能是剛才破壞車廂時掉出來的吧。連抓起短劍，騎上魔獸師那匹原本應該是用來拉車的馬。
他把背上的莉希亞放到身前抱住，朗聲說道：
「這個東西！我也順便帶走啦！」
他心想，或許能當成證據。
連讓自然魔法的藤蔓朝著魔獸師落在地上的項鍊伸展。藤蔓纏住項鍊之後繞回連這邊，把項鍊放到他手裡。
項鍊的鍊子斷了，項墜部分也已破碎。

如果這是魔道具，那麼它已經損壞到無法發揮功用的地步。

「很行嘛！但是，到此為止了！」

魔獸師手裡拿著白色木杖。

杖頂有顆彩光蠕動的球。

「嗚……趕上啊！」

不曉得他要用法杖做什麼，總之很危險。

連在魔獸師握住法杖的那一瞬間，毫不猶豫地讓木魔劍消失。

這回他召喚了盜賊魔劍，不顧一切地揮動手臂。

「為、為什麼我的杖不見了！」

法杖從驚訝的魔獸師手裡消失，出現在連手中……他很幸運地奪走了魔獸師的法杖。

然而，還不能安心。

一隻噬魔怪滑翔撲來，連見狀立刻用力拿剛搶到手的法杖敲在魔物頭上。

『嘰～～！』

這一擊雖然把杖敲碎了，但衝擊也讓噬魔怪失去平衡。

連趁機驅馬遠離魔獸師與魔物。

「要是沒有杖，**那個力量**就……嗚，給我追！」

聽到魔獸師的聲音，噬魔怪更加用力地拍動雙翼。

這時候，沒有騎馬經驗的連，還在勉強撐著不摔下馬背。

但是，他有絕對能逃掉的自信。

「魔獸師！我知道你的弱點！」

「你說弱點……！」

「是啊，你自己也明白吧！所以你才會那麼急！」

聽到這句話，魔獸師焦躁地「嗚」了一聲。

「住在森林裡的魔物們啊！聽從我的聲音！」

魔獸師的聲音自遠處響起，魔物們的呼吸聲隨即從森林各個角落傳出。

連縱馬奔馳，許多魔物從他的頭上、側面掠過。

一群令人聯想到小野豬的巨大甲蟲狀魔物。

『嘰嘰嘰～～！』

『嘰——————！』

噬魔怪的尖銳叫聲刺進耳裡。

然而隨著時間十秒、二十秒地過去，魔物們的聲勢開始轉弱，數分鐘之後已經差不多要把牠們甩開了。

（看來距離依然是弱點呢。）

連剛才對魔物師說的那句話，含意就在這裡。

魔獸師除了召喚噬魔怪之外，還能命令比自己弱小的魔物。但是，距離魔獸師本人愈遠效力就愈弱。如果用上讓魔物異常亢奮的藥則另當別論。

……該慶幸在七英雄傳說裡學到的知識能發揮作用。

不過，接下來得脫離這片陌生的森林，後頭還有「找到人類聚落」這個大目標等著，所以不能掉以輕心。儘管如此，一想到事情算是暫告一段落，疲憊依舊攀上了連的身軀。

◇　◇　◇　◇

拜斯騎的名馬乍看之下只是普通灰毛，實際上卻混了魔物血統，所以比其他馬匹來得快，而且耐力優秀。

他利用馬的速度，仔細搜索連所住的村子周圍。

但是，他沒找到連和莉希亞。因此他命令途中會合的騎士搜索兩人，自己驅馬趕回去向克勞賽爾男爵報告。

他抵達克勞賽爾男爵宅邸時，已經是連逃離魔獸師後第五天的早晨了。

換句話說，就是連和莉希亞被帶走後的第九天早晨。

「——我會代替死去的護衛接受所有懲罰。不過，希望您能夠延緩到救回大小姐。」

回到克勞賽爾男爵宅邸的他，在辦公室將艾希頓家統治的村子發生何事、莉希亞和連被帶走的事，全部向男爵報告。

「為什麼？為什麼你要離開莉希亞身邊？」

「……因為做出了錯誤判斷。」

「所以我要你把那個錯誤告訴我！為什麼！你身為騎士團長，為什麼會離開莉希亞身邊！」

克勞賽爾男爵走向拜斯，揪住拜斯的胸口逼問。

不過，他很快就猜到了。

「……你有事瞞著我吧？」

拜斯目光游移。

「以莉希亞的個性，想來會咒罵臥病在床的自己不中用吧？所以她為了報答艾希頓家的恩義，拜託妳討伐出現情況異常的魔物對吧？」

拜斯沉默不語，但是他的沉默就等於回答。

「……抱歉。」

「不，這依然是我的過錯。既然戰力最強的我在場，應該反過來讓專屬護衛們去狩獵，由我留下來擔任護衛。」

「這並不是過錯，而是正確的忠義。你回應了莉希亞的懇求，我怎麼能夠處罰你呢？」

聽到男爵悲痛的聲音，滿心後悔的拜斯什麼也說不出來。

克勞賽爾男爵放開揪住拜斯胸口的手，緩步走向窗邊。

窗外大雨傾盆，彷彿在代言兩人的心境。

「不能再坐著等了。」

在這種情況下，克勞賽爾男爵以堅定的口氣說道：
「聯絡帝都！這次事件的始末，我們派閥的貴族自然要通知，此外也得讓皇帝陛下知道！」
在辦公室接獲報告的他滿腔怒火，拳頭微微顫抖。
但是，沒有證據。
克勞賽爾男爵依舊相信是基文子爵幹的。
可是，缺乏能夠告發基文子爵的證據。
「為了避免寫出虛假的報告，必須多加注意才行……如果能得到增援協助搜索莉希亞他們，那就再好不過。話說回來拜斯，和你分頭行動的艾希頓家其他人怎麼樣了？」
「我讓他們跟著其餘騎士，領著村民到安全的村子避難。」
「那就好。那麼，我們趕快採取行動吧。」
首先要聯絡帝都。
當然，還有附近的中立派貴族。

接下來有得忙了。
克勞賽爾男爵打起精神，伸手拿筆。就在這一刻。
「老、老爺！」
向來冷靜的管家，連門都沒敲就衝進辦公室。
「有來自帝都的客人……！請、請您盡快前往大廳。」

儘管表情嚇人的管家讓克勞賽爾男爵瞪大了眼睛，但是男爵依舊認為不該聽到客人從帝都來就驚慌失措。

是誰出於什麼目的來到這裡呢？

他帶著疑惑離開辦公室，走在深紅色的厚地毯上，往大廳移動。

看見來客們的服裝之後，他也吃了一驚。

「您就是克勞賽爾男爵吧？」

「啊、嗯……你們是……」

他們是文官。

這些穿著灰色長袍的人，都是隸屬於帝國法院的文官。

「法務大臣閣下命令我等前來。」

一名文官這麼說完便往前一站，伸手往懷裡掏。

他拿出一卷羊皮紙，在克勞賽爾男爵面前攤開。

「基於偉大的帝國法，有請克勞賽爾男爵接受**審判**。」

「什麼——為何會找我！」

「克勞賽爾男爵顯然有統治不良的嫌疑。您應該知道，為皇帝陛下掌管領地的貴族有幾項義務。」

「這些我一清二楚！我們貴族有保護領地人民、守護領地財富的義務！難道我有違背任一項嗎！」

「您應該曉得，克勞賽爾男爵領有好幾個村子遭受魔物危害。男爵並未迅速應對，導致魔物危害擴散到相鄰的基文子爵領，顯然有統治不良的嫌疑。」

克勞賽爾男爵還有反駁的餘地。

但是他正想開口，眼前的文官就用「審判時再說」打斷了他。

「聽說後天早上基文子爵也會抵達克勞賽爾，當天就會在這裡進行初次辯論，隔天認定統治不良與否——」

「如果對結果不滿，接下來就是帝都的審判。如果還是不滿，應該就是在帝都大神殿進行神前審判了吧。」

「正是如此。」

「不過還真趕啊。一般來說，審判應該會在數個月前就聯絡才對。」

「您忘了嗎？有侵略他人領地的嫌疑時不在此限。」

「……啊，的確是。記得是為了避免領主逃走對吧。」

一切都來得太快。

從連的村子遇襲到聯絡帝都，以及基文子爵從自家領地前來克勞賽爾，一切都太快了。

包含連的村子遭到襲擊在內，事情發展壓倒性地快。

毫無疑問，都是早就設計好的。

「那麼，我等告辭。」

隸屬於帝國法院的文官低頭致意，表示會暫住街上的旅店後便離開大廳。

「……如果審判上認定是我的過錯，我或許會失去爵位呢。」
「可是老爺！魔物危害每個領地都有！不該只因為這樣就追究領主責任！」
「說的沒錯。就是因為這樣，基文子爵才會主張危害擴散到自己的領地吧。」
雖然大家心知肚明，但是對方設計得太好了。
真要說起來，克勞賽爾男爵已經盡可能把騎士派往各村，全力守護領民。
一切都是基文子爵……不，英雄派的壓力。英雄派與皇族派的鬥爭，想來會愈演愈烈。

◇◇◇◇

就在同一個時間，連剛離開某個村子。
他身上穿著今天之前從未體驗過的骯髒長袍，喬裝打扮是為了避免引人注目。他在前天找到的村子裡，用途中獵得的魔物素材以物易物，換來這件粗陋品。
當然，莉希亞也是同樣打扮。
兩人原先穿的衣服已經扔了。
就算人家肯拿回復藥代替食物餵他們，也不可能完美地把其他人生在世理所當然逃不掉的汙穢一併處理掉，所以那些衣服已經不太衛生了。
「大小姐，離得再遠一點我就讓馬停下。」
騎在馬上的連，對坐在前面的莉希亞說道。

「……啊……謝……謝……」

兩人騎馬移動十幾分鐘後進了森林。零星散落於這一帶的各村，都和連的村子一樣，只要走上一小段路就能抵達森林。

連讓馬在樹旁停步，然後下馬。

還是少年的連身高不夠，從旁觀者眼裡看起來像是跳下來的。

（這樣實在帥不起來啊。）

即使他伸直雙手也沒辦法把莉希亞抱下馬。所以前幾天都是讓馬停在有高低差的位置。今天沒看見倒木或岩石，所以連在思考該怎麼辦。

（……唉，都這種時候了。）

他有了主意。

這招必須用到木魔劍，所以他猶豫了一瞬間，不過他早在逃離魔獸師的時候就讓人見過了，在森林裡邊逃亡邊和魔物交戰時也有拿出來，事到如今沒什麼好藏的。

「大小姐，恕我失禮嘍。」

連把木魔劍製造的樹根當成踏台墊腳，等到高度足夠就把手伸進莉希亞腋下，將她抱下馬。

他就這麼背靠樹根，莉希亞儘管憔悴，卻還是虛弱地微笑。

「……真是……不可思議的力量……」

「我自己也這麼想——來，先喝點水。」

連把皮製水壺交給莉希亞，讓她喝水。

接著，再拿出從剛剛那個村子弄來的小型木製容器。
裡面裝有散發青草味的淡綠色液體。
「這是用**密爾草**磨成的，還請放心。我……在下特地請對方現場磨的，所以不會有錯。」
密爾草是能夠處理狀態異常的藥草，七英雄傳說的說明裡寫著它對頭痛、發燒也有效。
不過，這種藥草的價值比不上隆德草。
所以就算是連這種外來的人，也能輕易換到。
（幸好我記得。）
畢竟主角群不會感冒，這些情報只是附帶的。
不過，現在卻像這樣派上了用場，連真想誇獎自己的記憶力。
「請把它喝掉。雖然很苦，不過希望妳能忍耐著嚥下去。」
「我知……道了……」
但是，莉希亞的手不停顫抖，沒什麼力氣。
儘管覺得這麼做實在不太好，連依舊重新拿穩木製容器，然後用指頭沾了一點密爾草汁。
他先道了歉，再把手指送到莉希亞唇邊。莉希亞很快就張開嘴讓手指伸進去。
「好……苦……」
「喝點水。忍一下，不要吐出來。」
莉希亞反覆吞嚥，花了數分鐘才讓容器一空。

◇◇◇◇

過了傍晚，莉希亞的臉色明顯有所改善。

原本凌亂的呼吸開始穩定下來，從背後撐住莉希亞的連也能感受到她體溫開始下降。

先前在惡劣環境下愈來愈差的臉色，已經接近在家裡和她見面時的樣子了。

「欸。」

「我在。怎麼了嗎？」

「……謝謝。」

「哪裡哪裡，不用在意。」

莉希亞的聲音裡，恢復了幾分屬於她的感覺。

……換來的密爾草還有剩。連鬆了口氣，決定今晚繼續讓莉希亞服用密爾草。

「我們啊，在基文子爵領的邊緣。」

莉希亞突然說道。

「大小姐為什麼會知道？我——在下……」

「真是的，『我』就行了啦。這樣講話比較方便吧？」

猶豫了一會兒後，連決定接受莉希亞的好意。

「……我光是顧著尋找村子就沒有餘力顧別的了，大小姐為什麼會知道這裡是基文子爵領？」

題外話，其實連也知道這裡是基文子爵領。
他在發現第一個村子時，曾經假裝成旅人詢問當地村民。
「你看那邊。」
莉希亞無力地指著遠在樹林彼端的山脈。
那是一座頂部還留有銀白積雪的巨大山脈。壯闊得無邊無際，岩層斜面銳利得有如研磨過的刀刃。
「**巴德爾山脈**。只要看它，就能大略判斷出所在位置。」
聽到她的回答，連嚴肅地點了點頭。
「原來那就是巴德爾山脈啊。」
「你知道？」
「是。雖然只知道名字。」
連還知道不少其他的事。
因為，那裡就是和七英雄傳說一代最後魔王決戰的地點。
（遊戲時代是用**魔導船**移動，所以不太熟啊。）
魔導船是一種魔道具。
除此之外，還有叫做「魔導列車」的移動手段，兩者都是以魔石為動力來源的巨大交通工具。在雷歐梅爾，凡是中等規模以上的城市都會設站，但是連在遊戲時代沒來過這裡，所以根本沒想到巴德爾山脈這個名稱。

「從這裡開始，應該可以由我帶路。」
「那真是太好了。不用盲目移動實在是幫了大忙。」
截至今天為止，連都是以莉希亞的身體狀況為優先，著重於尋找村子。不過理所當然地，途中他也都會尋找眼熟的景色。
多虧莉希亞，總算有了一線曙光。
「總而言之，必須趕回男爵大人領地內才行。」
「……是啊。」
莉希亞的回應聽起來不太乾脆。
「怎麼了嗎？」
莉希亞立刻點點頭，開口說道：
「從這裡到你住的村子很遠。」
「啊……大概是因為魔獸師先前走的那段路吧。順帶一問，從這裡到克勞賽爾需要幾天？」
「……應該差不多需要四天。」
雖然不知道魔獸師先前走什麼路線前往基文子爵領，不過值得慶幸的是，他們走得並不算遠。
「那麼，我就盡快送大小姐回克勞賽爾吧。」
「啊？添麻煩的人是我，你該先和家人會合——」
「沒問題。不用擔心爸爸他們。」

明明毫無保證，連卻能說得這麼篤定，讓人感覺無比可靠。
「無論如何，往克勞賽爾走比較好。一來不能保證途中的村子都很安全，二來也不清楚我的村子狀況如何。我想爸爸他們應該也去別處避難了。」
聽到他帶著些微苦笑這麼說，莉希亞只覺得自己很無力。
儘管連的溫柔令人感動，但她同時也厭惡起了總是依賴他人的自己。
即使疲憊讓腦袋有些遲鈍，眼眶裡還是泛起了淚水。
「機會難得，我就去克勞賽爾觀光之後再和家人會合。還可以趁這個機會問候男爵大人，或許可以算是剛剛好呢。」
成熟的言辭配上連溫柔的語氣，讓少女自然而然地笑了出來。
雖然知道對方是出於體貼，但是對現在的莉希亞來說，這些話彌足珍貴。
「……謝謝。」
就在自己也沒注意到的情況下，莉希亞往背後的暖意貼得更緊了點。

◇◇◇◇

到了晚上，連著手做野營準備。
莉希亞表示要幫忙，連要她休息。
她不滿地待在旁邊看著連打點一切。

「你還真熟練呢。」

「這幾天練熟的。都是靠拜斯大人教的基礎喔。」

「拜斯教的？難道是冬天那次？」

「沒錯。多虧有那晚的經驗，我學到怎麼處理魔物、怎麼生火，還有很多野營知識。」

那天雖是拜斯突然提議，不過這時候連真的很慶幸有學。

只有自己也就罷了，帶著莉希亞的此刻真的非常需要。

（今天是這傢伙。）

連開始處理魔物。

對象是F級的白鷹，比小野豬高一級。

話雖如此，依舊不是連的對手。他沒費什麼力氣就獵到了。

「這明明是會飛的魔物，你怎麼做到的？」

「趁牠停在樹上時用藤蔓綁住，然後砍下去。」

「靠那把不可思議的劍是吧？」

「大人明鑑。順帶一提真面目是祕密。」

「……小器。」

老實說，連也很懷疑隱瞞有沒有意義。

自己在把莉希亞抱下馬時就用過木魔劍，這和告訴她沒什麼兩樣……

只隱瞞技能名稱，或許是出於小小的反骨精神。

（魔石就趁現在吸收吧。）

趁著莉希亞不滿地別開目光時，連找出了魔石，把手環靠過去吸收力量。

他偷偷看向水晶，和以前相比有顯著的成長。

如果冬季期間能獵得像溫暖的季節一樣多，大概能讓兩把魔劍升級吧。不過，冬季本就難以行動，村子在冬天也有冬天該做的事，所以無法好好吸收魔石。這段時間他開始獵起小野豬以外的魔物，再加上次數少得可憐的訓練後，得到的結果就是這樣。

不過自從能狩獵魔物以後，熟練度提升的速度遠非以前所能相比。

「這是什麼？」

就在連把注意力放到手環上時，一旁的莉希亞疑惑地問道。

連轉頭看向她，發現她從行李中翻出了項鍊，並且皺起眉頭。

「這是從魔獸師身上搶來的。」

這條項鍊的銀鍊子和紅色寶石特別引人注目。

莉希亞拿起項鍊，小聲嘀咕「看來是魔道具」。

聽到她這麼說，連想起魔獸師說過的話。

「魔獸師用來避免我們聲音傳出去的，或許就是這個魔道具。不過這東西已經壞了，我想再怎麼樣都不至於透過它追蹤到我們的痕跡……」

「不愧是連。確實不用擔心這點……不過，還是別賣吧。必要的時候說不定能當成某種證據，對吧？」

[NAME]

連・艾希頓

[職業] 艾希頓家　長男

[技能]

■魔劍召喚　Lv.1　0／0

■魔劍召喚術　Lv.2　1399／1500

透過使用召喚出來的魔劍獲得熟練度

等級 1：可以召喚「一把」魔劍。

等級 2：手環召喚期間，得到「身體能力ＵＰ(小)」的效果。

等級 3：可以召喚「兩把」魔劍。

等級 4：＊＊＊＊＊＊＊＊＊＊＊＊＊＊＊＊＊＊＊＊＊＊＊。

[已習得魔劍]

■木魔劍　Lv.2　614／1000

可以進行相當於自然魔法（小）的攻擊。

攻擊範圍會隨著等級上升擴大。

■鐵魔劍　Lv.1　614／1000

鋒利程度隨等級提升。

■盜賊魔劍　Lv.1　0／3

一定機率隨機搶走攻擊對象的物品。

確實沒錯。連很快就回了句「有道理」。

◇◇◇◇

隔天，連於天亮時分驅馬前行，約在中午時穿越森林並發現村子。

十幾戶人家零星散落各處的平地小村。

雖然沒有保險起見想要交換的藥，但是有換到食物。

之後，拿東西和連交換的壯年女性問道。

「接下來你們要去哪裡？」

「呃……這趟旅行沒什麼特別目的，所以還沒決定。」

「這樣啊這樣啊。既然如此，你們就這樣直直往前走，到克勞賽爾看看或許也不錯喔。」

雖然連認為透露目的地有可能帶來危險，但在聽到目的地的名稱時，眉毛還是跳了一下。

幸好壯年女性沒注意到。

「克勞賽爾有什麼活動嗎？」

「之前來這裡的冒險者說，最近可能會處罰克勞賽爾男爵大人。所以我猜會相當熱鬧吧。」

聽到這幾句話，莉希亞大吃一驚。

「怎麼回事？為什麼會變——會有這種事……？」

莉希亞頓時氣急敗壞地問。

不過為了獲得情報，她依舊拚命地壓抑住激動的情緒，以免讓對方不高興。
「天知道嘍。按照冒險者的說法，好像是克勞賽爾男爵有把魔物趕往基文子爵那邊的嫌疑。」
「怎、怎麼會……」
「實際上是怎樣我不知道。那些冒險者，好像也只是路上和基文子爵一行人共同野營時偷聽到的。」
莉希亞聽完當場愣住。
女性十分疑惑，擔心地問：「出了什麼事嗎？」連則是勉強擠出笑容應付。
看來差不多該離開這個村子了。
「她從昨天開始身體就不太舒服。」
「沒事吧？不嫌棄的話可以在我這裡住一晚喔？」
「您的好意我們心領了。那麼，我們還得趕時間，差不多該上路了。」
接著連叫醒愣住的莉希亞，回到平原。
兩人往抵達村子之前莉希亞指示的方向前進。
「大小姐，妳表現得很好。」
離開村子過了數分鐘，連為莉希亞並未失去冷靜而稱讚她。
可是，她毫無反應。即使等了數分鐘，甚至又過了十幾分鐘，也是一樣。

不過連能體諒莉希亞的心情，所以沒有勉強她說話，決定有耐心地等到她主動開口。

……一會兒後，她的身體晃了一下。

隔了好一段時間才開口的她——

「……我說啊，**連**。」

突然呼喚連的名字，讓連吃了一驚。

「嗯，怎麼了嗎？」

連藏起驚訝，也沒指出稱呼改變這件事。

盡可能讓語氣維持平穩、緩慢，不催促莉希亞。

「為什麼？父親大人一直那麼努力，為什麼會變成這樣？」

「……我想，原因在於基文子爵就是犯人吧。」

「不，我不是這個意思……」

莉希亞表示。

她很清楚基文子爵就是犯人。

「父親大人明明為雷歐梅爾盡心盡力，為什麼非遭到這種對待不可？」

「這——」

「難道我們做了什麼嗎……？或許我年紀小又愚蠢，但是，父親大人沒道理被這樣對待，為什麼？」

莉希亞的肩膀在連眼前不停顫抖。

這次不是因為自己的不中用，而是對於這場騷動。

眼前不是那個在七英雄傳說裡展現高潔堅強的她。此刻的她，是個只讓連看見自己軟弱之處的普通少女。

「……基文子爵的強硬行徑，不管誰來看都會覺得不對勁。這明明不合道理，為什麼其他人能容許這種不講理的行為……？」

一再重複的話語，也透露出她的脆弱。

（——不過，這也是理所當然吧。）

連身旁的莉希亞，年紀還小。

絕對不是七英雄傳說裡的聖女莉希亞。

把她和遊戲裡的當成同一個人才是種侮辱。連在心裡向她道歉。

「所謂的貴族……我已經完全搞不懂了……」

莉希亞肩膀一震，終於流下淚來。

淚水也滴在那雙為了握住韁繩而環住莉希亞的手臂上，與少女的顫抖一起向連訴說她的悲痛。

讓人看了痛心、看了難受。

可是，對於莉希亞的疑問，連提不出答案。

即使如此，也沒辦法無視她。

所以，連幾乎是下意識地一隻手放開韁繩，撫摸莉希亞的頭。

「……連？」

她的秀髮因為沒洗澡而沾上了塵土，宛如絲綢的光澤也不見蹤影。

莉希亞並不想讓人摸到這樣的頭髮，她平時也不會輕易讓人摸，然而——

「……既然要摸，就摸得更仔細一點啦。」

她沒有半點排斥，順理成章地接受。

甚至挪動身體讓連摸起來更方便。

夕陽西斜時，莉希亞已經沉沉睡去，大概是累了。

連抱著她，一邊尋找今晚的野營地點一邊思索。

現在這種狀況，真的沒脫離七英雄傳說的故事嗎？還是說因為連的存在，已經發展出和七英雄傳說不一樣的故事了呢？

（無論如何，這樣下去克勞賽爾男爵會被誣陷並因此失勢。）

儘管實在太過蠻橫，但是爵位和派閥的力量讓對方能夠這麼做。

即使如此，連依舊希望自己能做點什麼。

明明他先前除了莉希亞之外，也想和克勞賽爾家保持距離，或許是相處久了產生感情吧。不過，就算這是個沒道理的世界，眼前這種發展看了還是會讓人不舒服。

（可是，要怎麼做才救得了克勞賽爾男爵？中立派的上級貴族都沒辦法指望，我一個小孩子能做什麼？）

他拚命思考，卻看不見希望。

不過，如果試著把它換成遊戲裡的事件——

（如果不是解救克勞賽爾男爵，而是打倒基文子爵……）

試著改變目的之後，他覺得似乎有了苗頭。

好比說，證明基文子爵襲擊連的村子，並且找到其他不法行為的證據。

（不不不……像我這樣的小孩，就算找到證據……）

不過，這不會是白費力氣，好歹應該能爭取時間。

更何況，克勞賽爾男爵也不是笨蛋。雖然他是弱小貴族又不能指望派閥相助，但只要幫忙爭取時間，就能給他採取行動的餘地，或許能讓他避開遭受誣陷的未來。

（不過，問題就在於要去哪裡弄到不法行為的證據。）

最佳選擇是潛入基文子爵宅邸，但是考慮到被發現的後果，實在不能這麼做，何況真要說起來也沒有時間。

（這……說不定已經走投無路了。）

至少自己得趕到克勞賽爾才行。

要去那邊作證，說明自己是遇襲後被帶走。告訴大家自己是被基文子爵雇用的賊人綁架，好不容易才逃得性命。

缺乏證據是個致命的問題，但總比什麼都不做來得好——應該吧。

即使對於演戲和辯論不熟，還是得做點什麼。

（只能去做一切自己做得到的。）
要不然克勞賽爾男爵會失勢。
而且——
「呼……呼……」
靠在連身上沉睡的莉希亞，也不知道會有什麼下場。
看見她脆弱一面的此刻，連無比希望能為她奪回原本的生活。

◇◇◇◇

隔天，太陽才剛升起，基文子爵便已抵達克勞賽爾市街。
正值壯年的他，看上去就是個將灰色鬚髮梳理整齊的紳士。
子爵騎著馬在大路上前進，他的騎士在旁邊說道：
「子爵，時候到了呢。」
「——嗯。為了我們英雄派的未來，一定要把克勞賽爾家打下去。」
「達成目標的那一刻，同志們應該都會很高興吧。」
「不錯……這塊領地位於我們英雄派和皇族派之間。控制這個地方，毫無疑問能擴大我們英雄派的勢力。」
「對方是克勞賽爾家，表示連帝都附近的領地也能拿下來呢。」

基文子爵點點頭。

「如果可以，真希望把克勞賽爾家也吸收進來啊。」

「但是他們完全不聽子爵的話，只能用力量壓制了吧。」

說著說著，子爵突然想到一件事。

他讓馬稍微靠向騎士，悄聲對騎士說道：

「為了讓逐漸衰退的雷歐梅爾脫胎換骨，必須把皇族派趕盡殺絕。此外，還得懲罰那些自稱中立的愚蠢賣國奴……像他們那種牆頭草，都是些算不上貴族的蠢貨。」

看著語氣堅定的基文子爵，騎士感到無比可靠。

「話又說回來，子爵。您為什麼對連・艾希頓那麼執著？他確實是個很有前途的少年，但怎麼看都不值得您費那麼多工夫。」

聽到這幾句話，基文子爵竊笑，仰頭望向天空。

「聖女的存在，之後必然也能當成和克勞賽爾男爵交涉的材料。但是，你覺得我會只因為這樣就如此強硬嗎？」

洋洋得意的基文子爵接著說下去：

「我真正想要的，只有連・艾希頓一個人。克勞賽爾家不過是順便。我差不多也受夠上級貴族的壓力了。」

「為、為什麼？他再有前途，也不過是區區鄉下騎士的兒子啊？」

「大家應該都會這麼說。不過，**只有我知道事情並非如此**。」

他的聲音比方才更有自信。

還有種讓人期待他野心實現的堅定。

「——只要得到連．艾希頓……不，得到艾希頓家，我們基文家就能夠在英雄派裡得勢。別說英雄派，想來所有臣民都會讚頌我。」

他並未解釋這話真正的含意，只讓騎士心存期待。

不過有一點令人介意。

為什麼子爵不講連．艾希頓，而要改口說艾希頓家呢……

◇◇◇◇

數小時後，克勞賽爾市街也籠罩於早晨的熱鬧氣氛之中。

在雷歐梅爾帝國，所有都市都設有神殿。

神殿裡必然有大廳。除了舉行宗教儀式之外，審判包含貴族在內的有力人士時也會在這裡。

審判會邀請帝國法規定的對象入內旁聽，並按照既定流程進行。

「要開始了呢，老爺。」

克勞賽爾男爵已經就位，他身旁的騎士團長開口說道。

神殿外響起呼喊克勞賽爾男爵的聲音。相對地，神殿內一片安靜。
「拜斯，你看看坐在我們對面那個男人的臉。」
克勞賽爾男爵的座位，在神殿內側祭壇前。
申訴人基文子爵和申訴對象克勞賽爾男爵，隔著祭壇相對而坐。
因此，可以把坐在反方向的基文子爵看得一清二楚。
「什麼……那個可惡的傢伙……」
拜斯看到，基文子爵和他帶來的騎士聊得很愉快。
「那副德行，根本就是在說今天的辯論不需要擔心嘛……！」
「實際上也是吧。他應該有信心能在這裡徹底打垮我吧。這也就表示，他已經做好了就算用上這種強硬做法也必然能勝利的準備。」
拜斯氣得連拳頭都在發抖。
他散發的壓迫感，透過空氣震驚了整個神殿。
原先看起來輕鬆寫意的基文子爵終於看向拜斯，更在見到他憤怒的臉後倒抽了一口氣。
「冷靜點。」
不過，克勞賽爾男爵十分冷靜。
「可是——」
「別囉唆，給我冷靜下來。要是做不到，我就讓你退席喔。」
看見主君如此毅然，拜斯頓時回神並低下了頭。

不是因為害怕責罰。

而是為自己的激動感到丟臉。

「偷偷告訴你，我已經聯絡了**某位貴族**。」

主君突然冒出這句出乎意料的話，讓拜斯瞪大了眼睛。

「某位貴族……是嗎？」

「嗯。細節還不能說出來——不過，那一位已經答應，會看準時間與場合為我說話。」

「您說『那一位』，代表是地位比您還要高的貴族吧。」

「沒錯。而且，也比基文子爵來得高。」

既然如此，至少也是伯爵。

知道這件事以後，拜斯露出笑容。

一直到今天，拜斯都以為中立派沒人會站在他們這一邊，完全不曉得主君已經悄悄地找到了友軍。

「不過，我們沒料到基文子爵會這麼快行動。以現狀而言他很難幫忙講話。」

克勞賽爾男爵聳聳肩自嘲。

「也因為這樣，我們不得不指望連・艾希頓的資質……身為一個成年人，實在很難為情啊。」

克勞賽爾男爵面露苦笑，沒再多說什麼。

「各位，時間到了。」

帝國法院的文官宣布。
站在中央的文官環顧全場，確認大家都在看自己之後，說出下一句話。
「從現在起，將依照偉大的帝國法舉行辯論。首先請申訴人──」
這場辯論的發展一如所料。
當然，克勞賽爾男爵也不是什麼都沒做。
他已經想過基文子爵會說什麼，也準備了一些能夠反駁的材料。
像是派遣多少騎士、締造多少戰果。此外，也有提出靠近基文子爵領的那幾個村子實際受害情況，主張基文子爵的說法有誤。
以短時間的準備來說已經好得過分了，就連認為這一仗輕鬆寫意的基文子爵也感到驚訝。
「我們帝國法院，將會參考方才的辯論，按照偉大的帝國法仔細審查。結果會在明天早晨通知各位，時間與本日辯論開始時刻相同，請各位切勿忘記。」
聽完文官這幾句話，克勞賽爾男爵暗自笑了笑。
這天的審判結束後，還坐在椅子上的克勞賽爾男爵輕聲說道：
「結果一清二楚。頂多爭取到兩天吧。」
被認定應當受罰的貴族，照慣例會移送帝都。
但是，一旦克勞賽爾男爵被移送帝都，這個領地就會無人治理。儘管繼任者尚未決定，然而他必須對留在此地的文官和騎士下達指示。

換句話說，帝國法院給了交接時間。
「不，應該可以爭取到更久。只要提起上訴，面對下一場在帝都的審判就好。如果還是不行，就神前審判——」
「沒辦法。照這個樣子，應該在開庭前就會被攔下來吧。對方毫無疑問會搬出莉希亞他們來威脅我。」
聽到男爵這麼說，拜斯不甘心地咬住嘴唇，雙拳緊握到指甲陷進掌中。
另一方面，基文子爵則是一副「我早就一清二楚」的輕鬆模樣。
「子爵，看來能按照計畫順利結束呢。」
聽到跟在身邊的騎士這麼說，基文子爵露出笑容。
「嗯。兵貴神速，皇族派還來不及插手。終於走到這一步了。」
基文子爵向著對面露出笑容。
見到克勞賽爾男爵依然態度堅定，他皺起眉頭，有些不爽。
不過，贏了就是贏了。
認定對方已經不可能抵抗的子爵，深深吐了口氣。
——隔天早上，帝國法院文官判斷克勞賽爾男爵應當接受處罰。
克勞賽爾男爵將在這幾天移送帝都。

一如拜斯所說，能從法律層面多爭取一些時間，但不難想像對方會像克勞賽爾男爵講的一樣出手攔阻。

一切都按照基文子爵所想的進行。

十一章 光魔劍

克勞賽爾男爵被宣告有罪時，正是連和莉希亞被帶走的第十二天早上。

同一時間，連正在森林裡偶然發現的小溪旁洗衣服。

（這是最後一件了吧。）

全都洗完之後，連把衣服的水擰乾，回到在附近等待的馬匹旁邊。

那裡有塊大岩石。

十幾分鐘前還靠著岩石睡覺的莉希亞，此時已經醒來等待連。

「……謝謝。」

由於自己的衣服也是交給連洗，所以她不好意思地道謝。

「不、不過不過，下次要讓我也幫忙！絕對喔！」

「不可以。蹲下來意外地累，會對身體造成負擔。」

「沒關係！這點小事已經不成問題了啦！」

儘管這句話是因為太過害羞才脫口而出，不過在連看來已經能說明莉希亞有所恢復，所以不至於介意。

連苦笑著把洗好的衣服綁到馬上。

雖然多少會沾上馬的氣味，但為了把衣服弄乾也是無可奈何。

「唉……不曉得能不能弄到基文子爵就是犯人的證據。」

「……我覺得很難。如果要在趕往克勞賽爾的途中找到，那就更難了。」

「我想也是……嗯～該怎麼辦才好呢……。」

主要目的是把莉希亞送回克勞賽爾，但是在克勞賽爾什麼都做不到，實在讓人很難受。

相對於迷惘的連，莉希亞則是露出了笑容。

「放心。我有主意。」

「咦，真的嗎？」

「真的。多虧了你，必要時我應該能做點什麼。」

「……多虧了我？」

莉希亞並未回答，輕輕一笑。

連雖然想問出明確的答案，但看得出沒希望，於是把心思挪去別處。

「——再休息一下就出發吧。」

「嗯，說的也是。」

為了盡快趕到克勞賽爾，他們沒什麼悠哉的餘地。

「抵達克勞賽爾之後，還得先問你父母的情況呢。」

「是啊……如果確定沒事，我打算寫信聯絡他們。」

「寫、寫信……？」

「對。就算我父母已經前往某個村子避難，至少還是該寫封信，這樣比較能讓他們安心吧。」

連說這話時，並沒有特別意識到什麼。

但是莉希亞一聽到信，就想起開始這趟逃亡之旅不久前的事。

……在連房間那封很像情書的信。

然而，連忙著做出發準備，沒注意到莉希亞的慌張。

（食物也足夠……啊，這塊昨天吸收過的魔石就扔掉吧。）

他確認行囊裡的食物時，看見途中狩獵魔物得來的魔石。

這塊魔石已經吸收完畢，裡面空空如也。心想沒必要繼續帶著的連，把它拿在手裡。

「欸……欸。」

（丟進河裡應該沒關係吧。）

「我在叫你啦！」

連不知道莉希亞為何開口。

但是聽到她的呼喚而轉頭時，看見她的臉頰和頸項都發紅，把連嚇了一跳。

（該不會身體又不舒服了吧？）

慌張的連走向莉希亞，伸手摸她的額頭。

「還好，似乎沒發燒。」

連突然靠近，把手放在莉希亞額頭上之後鬆了口氣的溫柔神情。

看在眼裡的莉希亞心臟狂跳，趕緊出聲否定。

「～～不、不是那樣啦！」

「咦，不然是怎麼樣？」

「……先、先回答我一個問題！」

儘管腦袋裡想著「怎麼回事？」連依舊回答「好」。

於是莉希亞做了個深呼吸，讓自己稍微冷靜下來才開口。

「連，你有事情瞞著我吧？」

她說話時緊盯著連。

（到底怎麼回事？）

聽到這個問題，連疑惑地歪頭。

「我自己也知道，不必在這種時候問。可是，我實在沒辦法不放在心上，所以希望你告訴我

——連，為什麼你會小心地保管**那個**？」

到了最後關頭，羞恥心讓莉希亞忍不住含糊帶過。

然而，這是個錯誤。

（……「那個」是什麼啊？）

連完全不知道她在問什麼，只能苦笑以對。

「真是的！不要逼我說得更明白！連你應該知道吧！我說的就是你房間也有的那個啊！」

「就算妳這麼講，我也不曉得那是……」

不過，連突然想到某種可能。

莉希亞說連的房間也有，從語境上來看，應該和不久前的對話有關才對。這麼一來，他只想到一樣東西。

（喔，原來是魔石啊。）

畢竟，連手裡還握著空魔石。

但是，他不明白莉希亞責備自己的理由。

不過，連腦中很快就閃過米蕾優和羅伊。以前，米蕾優好像見過羅伊把心思都放在魔石上，覺得這樣實在不行而出言抱怨。

（在大小姐眼裡，我像是個對魔石很執著的人嗎？）

仔細一想，連房間裡也有些空的魔石，旁人會覺得他嗜好古怪也是難免。

（不過，她好像沒看見我吸收魔石。）

連鬆了口氣，正面迎接莉希亞的目光。

連必須回答她的問題，但暫時不打算說出吸收魔石的事，所以此刻正在想用來代替的藉口。

被連盯著看，讓莉希亞內心小鹿亂撞。

她將雙手放到胸前佯裝平靜，避免加速的心跳穿幫。

「因為打從第一眼看見時，我就一直很在意。」

連往「對魔石感興趣」的方向回答。
這麼一來就有少年的感覺，和小時候的羅伊一樣，照理說不至於讓人起疑。
身為騎士家的嫡子，應該也能扯上關係。
但是莉希亞——
「～～你、你你你、你說在意……？」
她雙手遮臉，肌膚泛紅，一副害羞到了極點的模樣。
然後從指縫偷瞄連的表情。
「啊嗚……說話時不用像那樣盯著我看嘛……好奸詐……突然說那種話……」
「實在是非常抱歉。不過，我真的一直很在意。」
「我、我知道啦！不用講那麼多次我也聽得到啦！」
莉希亞別過了頭。
她的聲音和舉止，顯然是對於連鍾情於魔石而感到頭痛……連本人這麼認為。
就在他這麼想時，完全誤會到別處的莉希亞已經羞得轉過身去。
（嗯……房間裡擺了一堆空的魔石還是不太妙啊。）
仔細一想，會盯著寶石看的人，無論是男是女都顯得有些奇特。
話雖如此，不過寶石是礦物、魔石是從魔物體內取得的素材，感覺上或許又會有所不同……
（以後多注意吧。）

連看見莉希亞一直偷瞄自己，心想自己的感覺或許與常人不同。
儘管莉希亞始終沒轉過來，他依舊用誠摯的語氣說道：
「不該因為在意就小心保管對吧。以後我會照大小姐說的，再也不——」
「沒、沒關係啦！隨你高興就行了！」
「——咦？」
莉希亞連忙轉過頭來，面紅耳赤地說道。連則是困惑到了極點。
不是不該保留空的魔石嗎？以為她剛剛是這個意思的連，聽了後一臉吃驚。

不過，莉希亞看見他的表情後，害羞地這麼說：
「——名字。」
「咦？」
莉希亞那雙宛如寶石的眼睛泛起淚光，硬是壓下還沒冷卻的強烈羞怯。
「真是的！雖然不想因為這種理由就允許，但是都聽到那種話了也沒辦法呀！」
「那個，所以妳的意思是？」
「～～所、所以說！意思就是拿你沒辦法，准你直接喊我的名字！」
莉希亞有些自暴自棄的話音，融入了清風吹拂的平原。
彼此的誤會，直到最後都沒解開。

◇ ◇ ◇ ◇

就在同一天的傍晚。

「連！快要看見克勞賽爾了！」

在景色比先前來得眼熟的森林裡，莉希亞開心地說道。

多虧了連，莉希亞的身體狀況明顯好轉，氣色也好上許多。

聲音也更有活力，在馬上扶著莉希亞的連，也為她這麼有精神而高興。

（很順利呢。）

真希望到這裡就安全了。

「欸欸，連！」

「好好好，什麼事？」

「只要越過這片森林後面的丘陵，就會看見克勞賽爾嘍！」

「這也就是說，可以想成我們已經安全了？」

「對！我家的騎士應該也在，得趕快去問你父母的消息才行……！」

這也就是說，距離目的地已經非常非常近。

「順帶一問，穿越這片森林大概還要多久啊？」

「呃……我想應該再過一會兒就能出去……抱歉。我們是從巴德爾山脈那一側過來的對吧？

那個……這段路我很少走……」

按照莉希亞的說法，另外一條路才有鋪設完整的道路。

而且道路並未一路鋪到邊境，頂多只到附近的城鎮，但是就算道路中斷也遠比他們這邊平順。

因此，走這個方向的人很少。

（難怪一路上都沒碰到人。）

「真希望能走有道路的那邊呢。」

「是啊……不過，我們從基文子爵領過來，所以也是無可奈何。」

儘管想盡可能從人多的地方走，然而這點實在沒辦法。

情況不允許繞路，必須盡快抵達目的地，也造成了影響。

現在，他們只能不停趕路，以免白費了先前的努力。

不過，看似順利的路也會蒙上陰霾。

時間轉瞬即逝，從樹林間隙看見的天空已經染成橘色。

此時，遠方傳來幾道馬蹄聲。

馬蹄聲分別來自前後左右，轉眼間就已靠近連和莉希亞。

最後，發出這些聲音的不速之客，圍住兩人所騎的馬。

「幸好有找到。」

說出這句話的，正是擔任基文子爵使者造訪連所住村子的騎士。

經過將近兩週的逃亡之旅，總算見到熟人。

如果只看字面，認為該高興也不足為奇。

然而，兩人反倒提高警覺，連更是做好了隨時都能拔劍保護莉希亞的準備。

「我等在克勞賽爾男爵的要求下，協助搜索二位。」

「……我們？」

「是的。來吧，必須先離開這裡。讓我等帶二位到安全的地方。」

……不管怎麼樣，這種說詞實在太牽強了。

但是，兩人已經被徹底包圍。

前後左右，雖然看不清楚，不過森林的各個角落都可能還藏有騎士。

看樣子對方不會輕易放行。

（是戰，還是快逃？）

雖然很明顯是後者好，但連猶豫是有原因的。

他希望能弄到基文子爵襲擊村子的證據。

不想白費這次的相遇。

「——連。」

莉希亞的聲音只有連聽到。

看見莉希亞轉頭觀察自己的表情，連就知道她也有同樣的想法。

「都到了這裡，就盡力而為吧。」

「……可以嗎？你或許也會碰上危險喔。」

「事到如今講這個太晚啦。都這種情況了，我早就做好心理準備……何況不管我講什麼，妳都打算大鬧一場吧？」

聽到這話，莉希亞微微一笑。

「可以交給我嗎？」

然後以勇敢而堅定的語氣說道。

遲遲沒得到回覆，圍住兩人的騎士開始皺起眉頭。

見到兩人竊竊私語，讓騎士們開始有些提防。

「就你吧。」

「唔，我？」

回答的，正是和連交談多次的騎士。

「沒錯。是否跟著你們去安全的地方，要看你的回答來決定。」

說完，莉希亞翻找起掛在馬側腹的行囊。

她從行囊裡拿出項鍊形狀的魔道具，伸出手亮給騎士看。

「看清楚。你對這個有印象吧？」

「……沒有印象。」

「唉呀，你剛剛眉毛動了一下喔。」

「所以說我沒有印象。這究竟是什麼東西？」

莉希亞沒說「別裝傻」。

這麼做只是為了蒐集情報，要按部就班。

「這個啊，是從綁架我和他的賊人那裡搶來的魔道具。」

「……原來是這樣啊。」

「哼……看來你不怎麼在意呢。」

「絕無此事。還請務必交給我們當成證物保管。」

「不行。這東西之後要請**商人公會**調查。」

「————啊？」

基文子爵的騎士們都愣住了。

坐在莉希亞背後聽的連其實也一頭霧水，但是他選擇靜靜聽下去。

「之前我去帝都時認識了公會長，應該有辦法。」

「那、那又怎麼樣？」

「所以說，要請人家調查。這是為了取得情報，像是賣這個魔道具的商人啦，或是之前的持有者啦，什麼都行。」

「……不可能。您以為雷歐梅爾帝國內有多少魔道具？」

「是啊。不過，這毫無疑問是高價物品。它和一般流通的魔道具不一樣，就算有人知道線索也不奇怪吧？」

這是在嚇唬對方。

但是，莉希亞這番話的說服力，強大到騎士沒辦法不當一回事。

騎士們之間的小小動搖，逐漸擴大。

「只要找出來，就能夠明白這個魔道具是賊人自己弄來的，還是別人給他的。萬一是後者，無論前因後果如何，把東西交給他的人想來就得在審判上接受質疑了吧。」

「這──」

「因為啊，把東西交給賊人，就等於想陷害我們吧？你們不也這麼想嗎？」

現場瀰漫著緊張的氣息。

連和莉希亞把緊張藏在看似從容的表情之下，但騎士們已經不再從容，彼此面面相覷。

「真的查得出來嗎？」

「查不出來。基文子爵又不傻，一定會考慮到這點。如果能找到地位夠高的大貴族幫忙，或許還有點機會……不過你放心，只要讓他們有些許疑心就好……你看。」

兩人說完悄悄話沒多久。

「既然如此，這東西就更重要了。還請您務必把這個魔道具交給我等保管。」

騎士用堅定的語氣說道。

「真是愚蠢。我沒義務把東西交給你們。真要說起來，這是我家的領地。就算是他的村子，一樣屬於我家的管轄範圍。」

「可是！」

「唉……夠了。我不想讓不懂得道理的騎士保護，談話到此為止。好啦，連，我們走吧。」
聽完這番夾雜嘆息的說詞，連一拉轡繩。
騎士們見狀，不知如何是好。
「兩位應該需要護衛吧！」
「不需要。一來城市就在眼前，二來我不信任他以外的護衛。」
「唔……但是……」
他們起先還想爭，但最後還是下定了決心。
「非常抱歉，請兩位與我們同行！」
馬動了。
目的在於攔阻連和莉希亞逃跑。
「連，責任我負。你就讓馬跑，如果他們想來硬的就拔劍——！」
「是，包在我身上！」
連腳踢馬腹，讓馬兒衝向前去。
他試圖從擋在面前的騎士旁邊通過，騎士拔劍對連就是一記橫斬。
然而，騎士的劍碰上鐵魔劍，被砍出一道缺口。
這個時候，**連反手一劍劃傷騎士的手背**。
「這小鬼……！」
儘管如此，騎士依舊勇猛地伸出手，這回出手的換成莉希亞。

從她手裡發出的刺眼閃光，**對騎士的手造成雪白的灼傷**。

「謝謝你，愚蠢的騎士先生。」

雙馬交錯之際，莉希亞露出愉悅的動人笑容。

「多虧你對我出手，我可以用其他理由把基文子爵拖進審判了。」

「這兩個小鬼……！追！別讓他們逃了！」

騎士大聲咆哮。

這麼做等於吐露了魔道具持有者和基文子爵的關係。

（從相信有可能性的那一刻起，你就已經輸了。）

他無法肯定莉希亞那套扯上商人公會的說詞是在嚇唬人。

從這一刻起，原本只能用來嚇唬人的魔道具，就有了重大意義。

一有了「說不定……」的念頭，他就非得抓住連和莉希亞不可。

另外，見到莉希亞的堅定神情後不夠冷靜，大概也是原因之一。

從她的言行看來，那番話說不定是真的——莉希亞讓騎士這麼認為。

「不能殺掉！無論如何都要把他們抓起來！」

騎士們冷汗直冒，只想著非得把兩人抓起來不可。

「嗚……你們去追他們！我要趕往克勞賽爾向子爵報告！」

那個與連見過面的騎士，途中改走另一條路。

對方也在拚命。

（莉希亞小姐就是要讓他們這樣吧。）

看見對手急切的模樣，連輕聲嘀咕。

「這麼一來，已經能確認基文子爵和魔獸師的關係。再來只要能說明基文子爵的處理也有瑕疵就行——畢竟他們向我出手了，對吧？」

既然拿不到足以將基文子爵逼入絕境的證據，那就利用截至目前為止的狀況，製造別的瑕疵。

「要是沒碰上那些傢伙，妳打算怎麼做？」

「肯定會碰上。畢竟魔獸師讓我們逃走了，徹底搜索是理所當然。」

「這麼一說，感覺還真的是這樣。」

連點點頭，讓鐵魔劍消失，召喚木魔劍使用自然魔法。

他用自然魔法製造的樹根和藤蔓阻礙追兵，轉眼間就已拉開敵我距離。怒吼聲也隨之逐漸遠離兩人耳邊。

◇◇◇◇

接下來這段時間，兩人連喘口氣都有困難。

應付完追兵之後，還要避開躲在前方的其他騎士往克勞賽爾前進。連抬頭望向天空，此時已經一片黑暗。

也不知逃了幾小時，兩人的身心愈來愈疲憊。
馬也累得腳步沉重。但如果完全停下來，大概很快就會被包圍。
他們偶爾會短暫休息，所以勉強還頂得住。
（陪我們再撐一下吧。）
連輕撫馬的鬃毛，馬回以短短的嘶鳴。
牠原本是為魔獸師拉車的馬，但是彼此或許已經在不知不覺間有了同伴意識。
「……要是情況危急，你就丟下我。」
「您在說什麼蠢話啊？」
「蠢、蠢話是什麼意思！」
「從頭到尾都很蠢喔。請您別講些有的沒的，想想接下來要往哪裡逃！」
雖然有用上敬語，不過說穿了就是「那又怎麼樣」。
連的聲音十分急迫，少了平時的沉著。
這種不由分說的語氣，讓莉希亞乖乖聽話。
「就這樣往前！一直跑不要停！」
「了解！畢竟除此之外也無處可逃了嘛！」
兩人繼續驅馬奔馳。他們騎的馬明明早已氣喘吁吁，腳下卻還是一樣有力。
「這匹馬會不會太厲害啦？」
「我想，牠應該有魔物的血統！」

「原來如此，難怪！」
他們拚了命騎馬狂奔。
過了一小時、接著又是一小時。
——最後……
「莉希亞小姐！那就是妳說的丘陵嗎！」
穿過森林後，連看見了綿延的丘陵。
雖然只有星光，但是這一帶沒有雲，所以視野比森林裡好得多。
「嗯！只要越過丘陵，離有人煙的地方就不遠了！」
聲音裡帶有久違的喜色。
聽到莉希亞這句話，連的表情稍微舒緩了點。
（太好了……）
馬兒奮起讓他們一路順利。
他們穿越森林的時間，說不定比預期的早了將近半天。
這就難怪基文子爵的騎士們追不上。
但願能持續到最後。
就在連這麼盼望時，他皺起了眉頭。

（居然在這時候來嗎——你這傢伙！）

……兩人來到丘陵，卻在前方看見他。

他坐在大岩石上，拄著臉看向兩人。

「我就在想，你們鐵定會走這裡。」

魔獸師的話語，抹消了花草搖晃的聲音。

他從大岩石上站起身，宛如大鳥展翅般張開雙臂。長袍袖口隨風飄盪，能看見手臂上刻著複雜的圖案。

魔獸師仰頭望向夜空，兜帽下的嘴角浮現笑意。

「抱歉，這是契約。」

長滿花草的大地開始搖晃。

地面處處隆起，地底響起尖銳的鳴叫。

「反正你們不會死心吧？所以用力量說話。如果還不行，就只能殺掉了。」

魔獸師這麼說完，背後出現兩個黑色漩渦，噬魔怪從裡面爬了出來。噬魔怪發出凶猛的鳴叫聲，魔物紛紛從連和莉希亞周圍的地面冒出來。

種類各式各樣，有些像蟲，有些令人想到老鼠。

（再高也不超過E級。）

都是見過的魔物，所以連大致上能夠理解，但問題在於數量太多了。

總數不滿但已經非常接近一百隻的魔物群，圍住了連和莉希亞。

此時，背後的森林傳來喊聲。

「找到了！」

是基文子爵的騎士們。

但是，他們的聲音很快就轉為慘叫。

「咦……？喂、喂！為什麼往我們這邊來啊！」

「住手！慢著！我們是自己人——嗚啊啊啊啊啊！」

追趕連和莉希亞而來的他們，轉眼間就被魔物包圍，跟著馬匹一同遭到襲擊。

簡直就像被漆黑的雲籠罩一樣。每當混著慘叫的硬物粉碎聲在丘陵響起，連握住韁繩的手便跟著用力。

「突然跑來我趕不及下令啊……不過嘛，沒差。反正他們算不上戰力，當飼料還比較有意義。」

魔獸師的冷酷話語裡感受不到同伴意識。

連背對慘叫，皺起眉頭緊盯魔獸師。

「……連，劍可以借我嗎？」

莉希亞也緊張不已，為了準備應戰而開口。

「很抱歉，這是——」

「不，不是你那把不可思議的劍，生火時用的短劍就好。」

「我知道了。如果是這樣，請用。」

連將拜斯給的短劍交給莉希亞。同時，周圍魔物群腳蹬大地，撲向兩人。

看在眼裡的連手扯韁繩，在避開攻擊的同時揮動木魔劍。

『嘎！』

重重劈在逼近眼前的第一隻魔物眉心。

『咕嘰！』

從側面撲來的另一隻魔物，莉希亞隨手用短劍砍在牠的脖子上。

即使輕而易舉就打倒兩隻，剩下的魔物依舊多得數不清。

但是，連仍然在驅馬移動的同時解決大量魔物。他以木魔劍製造障礙物，試圖在這場丘陵之戰取得優勢。

「嗯。果然，這種程度的魔物就算一起上也沒用啊——」

冷眼旁觀的魔獸師嘆了口氣。

（沒問題，有勝算。）

魔物接連倒下。

連和莉希亞經過的地方，全都躺了已經沒有氣息的魔物。

勢。

「連！」

莉希亞突然大喊。

連將眼前逼近的大量魔物納入視野。

他揮動木魔劍，使眼前地面長出粗大強壯的樹根擋住魔物的攻擊，藉此自己和莉希亞爭取優勢。

「雖然劍身太短不方便作戰，不過我還應付得了！」

莉希亞魅力四射，技巧比冬天時更上一層樓的她，顯得無比可靠。

「又變強了呢！」

「對啊！因為我想贏過你嘛！」

（——這麼說來，先前好像是因為她生病才沒有比試。）

她明明身體狀況不佳。

手裡的劍也比平常短——但是，這些都無關。

聖女莉希亞．克勞賽爾很強，而且很美。她的劍技動人、流暢，不輸給她凜麗的容貌。所謂刮目相看就是這麼回事，與她攜手合作的連早已驚嘆多次。

「要說的話，連你還不是變強了！為什麼啊！我明明非常非常努力耶！」

「妳、妳這麼說我也沒辦法回答啊……！」

一路打倒魔物的兩人，腦袋意外地冷靜。

雖然曉得不該在這種時候說這些，但是為了讓彼此保持冷靜，他們反倒選擇繼續聊下去。

「聽好，之後絕對要跟我比試喔！」

「……嗯，我很樂意。」

回答裡夾帶了諸多思緒。

一定要把她送到克勞賽爾。這一戰不能輸。不知道爸媽是否平安。

在種種念頭混雜的情況下，連看著莉希亞的背，暗自這麼想。

……只要她在，總會有辦法。

一路下來，她已在不知不覺間為自己帶來勇氣。

而她也是一樣。

……只要和他在一起，就不會輸。

和連一樣，心裡有了支柱。

當然，她在來到這裡之前已經信任連、從連那裡得到了勇氣。

此刻這份感情愈發強烈，在戰鬥中動搖她的心。

「既然如此，抵達克勞賽爾之後，要不要乾脆在我家住下來？」

「也、也太突然了吧！為什麼啊？」

「這樣我們每天都可以交手。而且就算拜斯和爸爸生我的氣，連也會溫柔對待我嘛——對吧！」

她一邊說，一邊揮舞短劍奮戰。

周圍倒下的魔物已經數之不盡。

然而，她突然無奈地對來自前方的氣息嘆了口氣。

「……那個可以拜託你嗎？」

出現的魔物是巨大蠕蟲，身軀比兩人騎的馬還要長上好幾倍。牠破開大地鑽了出來，剪刀般的嘴巴左右張開，撲向連和莉希亞。

「好的，包在我身上。」

但是連不為所動，讓木魔劍消失，改為召喚鐵魔劍。

他用沒持韁的那隻手緊握武器，毫不猶豫地驅馬正面衝向蠕蟲。

錯身而過時放出的劍光、這一劍帶來的風壓，甚至波及了遠處的魔獸師。

「什麼……怎麼可能……！」

魔獸師大為驚嘆，莉希亞也屏息吞聲。

她看見了連從未在比試裡展現的壓倒性強大。

「……欸……」

蠕蟲倒向大地，奏出沉悶的地鳴。

被劈成兩半的身體，流出了玷汙大地的體液，還散發獨特的腐臭。

「連，你根本就比我強很多嘛。」

「不、不敢當。」

「……回去之後絕對要和我較量喔。知道了嗎？」

連苦笑著回答：「我知道了。」

——不過就在這時。

『嘰！』

『嘰——————！』

噬魔怪發出鳴叫聲催促魔獸師。

魔獸師「哈哈」地笑了笑，輕輕撫摸兩隻魔物。

「差不多了吧。」

魔獸師的聲音，在遼闊的丘陵上迴盪。

到了這時候他們才行動，但是理由一清二楚。

魔獸師在等待連和莉希亞消耗力氣，然後靠使役的噬魔怪一決勝負。這就是他的用意。

……不過，連和莉希亞沒表現出絕望的樣子。

目睹魔獸師開始行動的兩人，眼裡依然有著勇氣。

「不要瞞我，說實話。連，你認為這樣下去贏得了嗎？」

在魔物們即將到來的短暫空檔，莉希亞詢問。

「盡力而為。」
「……不是這個意思，我是要你別瞞我。實際上怎麼樣？我要做的事也會隨你的回答改變！」
「妳要做的事……？」
「好了啦！贏得了？還是贏不了？」
不想浪費時間這點，連也是一樣，所以他乖乖說出實情。
「老實說，如果那兩隻過來，勝利會變得非常非常遙遠。」
重新回顧一下，噬魔怪相當於D級。
但是，聽到回答的莉希亞並未絕望。
明明碰上了生命危險，她卻輕聲說「幸好有問」。
「連，你還記得嗎？我好歹也是聖女。」
「當然。話說回來也沒什麼好歹不好歹，就是聖女啊。」
「你記得就好。那麼，我要開始嘍。」
說完，她手邊冒出了幾個小光球。
光球融入連的身體，為他帶來變化。
「……還好。我是第一次用在別人身上，看來成功了。」
這股力量，讓連想起第一次見到莉希亞的時候——
「神聖魔法嗎？」

莉希亞靜靜地點頭。

（——原來這麼厲害啊。）

神聖魔法帶來的增益，讓能力有了顯著的提升。

身體比狀況良好的日子還要輕盈，簡直像是脫胎換骨。充斥全身的力量彷彿沒有盡頭。

這一切，都讓連沉浸在前所未有的萬能感之中。

「去捕獵吧。今天你們可以毫無顧忌地戰鬥。」

魔獸師看來打算除掉連他們。

噬魔怪對主人的聲音有了反應，回以鳴叫。

『嘰！嘰嘰！』

『嘰嘰！』

和竊狼同級的魔物，兩隻。

噬魔怪張開翅膀，在夜空中飛翔。

但是在連眼裡，只覺得這兩隻飛來的噬魔怪動作遲鈍。

（如果是這樣——！）

可以一戰。不，贏得了。

現在的連，強得足以讓他如此肯定。

「抱歉，我可以集中在神聖魔法上面嗎？」

「好。我一定會打倒那些傢伙！」

這時候，連沒注意到。
莉希亞的身體在發燙，而且和日前身體狀況不佳時一樣滿頭大汗。此外，聲音也有些無力。
他的注意力都放在魔獸師身上，疏忽了平常會做的確認。
『嘎嚕嚕～～！』
獸型魔物從側面撲來。
但是，全都被連手裡的鐵魔劍砍成兩半。
這景象乍看下與先前沒什麼兩樣，但是揮動鐵魔劍的連感受到了明確的差異。
不止力氣變大，鐵魔劍也變得格外鋒利。
現在，他有什麼都砍得斷的自信。
「……怎麼可能，從哪邊生出這種力量的？」
魔獸師驚嘆不已。
在馬上戰鬥的連，成了那嬌小身軀無法容納的巨大存在。
他勇猛的模樣，根本不像少年。
壓倒一切魔物逼近的連，讓魔獸師下意識地後退。
『嘰——！』
即使如此，他依舊對噬魔怪的強度有信心。
宛如猛禽盯上獵物般撲來的噬魔怪，以迅雷不及掩耳的速度接近連的頭頂。
噬魔怪張開大嘴，放聲咆哮。

以最快的速度、在最佳的時機，做出對方肯定無法反應的攻擊。

但是——

「讓開。」

連冷冷地說道，鐵魔劍往上一揮。

這一劍劈開了噬魔怪的翼膜，灑出在夜色裡難以辨識的漆黑體液。

噬魔怪在空中一再做出不規則的迴旋，最後落向地面。

另一方面，連胯下馬兒的衝勁沒受到半點影響，筆直奔往魔獸師的方向。墜落的噬魔怪爬向連，但他毫不在意。

「……燒了他！把他燒成灰！」

聽到主人的聲音，另一隻噬魔怪口吐烈焰。

夜風在剎那間化為熱浪，從遙遠的上空落向連。然而連並未停下。

（衝過去……！）

要逃離熱浪，只能衝到魔獸師身邊。

他把韁繩抓得更緊。

但是來不及。熱浪太快了。

就在他幾乎要放棄時，莉希亞一隻手伸向天空，一道白光帷幕蓋在馬兒頭上。

「往前衝……我會保護你……！」

帷幕攔住了幾乎在同時撲到的烈焰，但很快就出現裂縫。

「嗚……！」

莉希亞的身體猛然晃了一下。

帷幕就像遮住冬季水面的薄冰般飛散。

烈焰……剛好在此時停息。

「怎麼可能！」

魔獸師再度驚嘆。

噬魔怪在空中痛苦地顫抖。

「莉希亞小姐！謝謝——」

這時候，連總算注意到。

莉希亞身上的一切異常。

（該不會……）

魔力消耗過度。而且，她身體還沒恢復。

「莉希亞小姐……！」

「沒事……！你不用放在心上……！」

她努力擠出微笑，但是持續消耗魔力很危險。

然而，莉希亞本人不打算停下來。如果不繼續使用神聖魔法，兩個人都會死。

「這樣啊……聖女之力，神聖魔法嗎！連．艾希頓的變化，也是因為這樣吧！那我就懂了！

哼哈哈……讓大吃一驚啊！」

魔獸師等待的大岩石就在眼前。
連握緊鐵魔劍，凝視對手。
「盡量吃驚吧！這一劍送你上路！」
最後，馬兒蹬地起跳。
抵達大岩石的連高舉鐵魔劍，然後——

「這麼一來就結束了——魔獸師！」

鐵魔劍從魔獸師的頸項劃向胸口、腹部。
但是，太淺。
鮮紅的血液飛散，但魔獸師在被劈開的前一刻退了半步。

——不，揮劍的前一刻，連的身體後退了些許。
（剛剛是……？）
他原以為是遭到噬魔怪拉扯，然而並非如此。
連還在思考時，他騎的馬已經奔下大岩石。看樣子登上大岩石所產生的衝勁沒有完全抵銷。
「呼……呼……」
莉希亞的身體狀況持續惡化。

從背後撐著她的連咬住嘴唇，對於沒收拾掉魔獸師感到無比自責。他向莉希亞說了聲：「對不起。」

「不……不是連的錯……」

她勉強打起精神回應，聽了更讓人心痛。

「唉呀呀，好險啊。」

此時連抬頭看向魔獸師，突然驚覺不對。連皺起眉頭，他知道方才拉扯自己的**藤蔓**就藏在背後。

「你……」

「呵呵……別害我逞強行不行？我的封印還沒解開。而且沒有法杖要施展自然魔法負擔太大，我都差點昏過去了呢。」

所以日前逃走時他沒有硬追，選擇在這個時候一決勝負。

（因為當時我打碎了法杖嗎？）

鐵魔劍劃破了魔獸師的長袍，露出他藏起來的容顏。

令人聯想的純金的金色長髮隨風飄揚，端正的五官帶有笑意。

連認得這張臉。

雖然是第一次見面，但是連知道他的名字。

「……原來是你啊。難怪一個魔獸師連自然魔法都會用。」

「喔？聽你這口氣好像認得我？」
沒錯。連認得他。
不過，特地把這件事說出來有意義嗎？
雖然炫耀知識不會帶來好處，但現在這麼做也不會有壞處。
那麼，好歹嘴上回敬一下，引誘他動搖——於是連大著膽子開口。

「——**耶露庫庫**，為什麼你會在這裡？」

聽到他以篤定的語氣這麼說，大岩石響起驚訝的聲音。
「為什麼，你會知道我的名字？」
「……這個嘛，為什麼呢？」
丟出煙幕彈後，耶露庫庫臉上除了驚訝之外，還有焦躁。

——魔獸師，耶露庫庫。

他是個天性殘虐的精靈，曾經殺害多位同胞。一般來說該遭到處刑，但這個世界的精靈沒有處刑文化，因此是將他大部分的力量封印後流放。
耶露庫庫在七英雄傳說裡，為了解開封印而看上了某人的智慧。
帝國軍官學院的學院長，人稱世上最優秀的魔法師。

但是，耶露庫庫贏不了此人。所以他選擇以學生為目標，在校外教學時盯上了離開學園的主角一行人，想要抓主角一行人當人質。

不用說，耶露庫庫並非雷歐梅爾人。

凡是在雷歐梅爾出生的，無論種族都會遭到國內法律制裁，然而耶露庫庫根本就不是出身於這個大陸。他一直以來都是隱瞞身分活動。

（吃驚的是我啊。）

轉生之後，連思考過好幾次有關耶露庫庫的事。

第一次是知道木魔劍有自然魔法（小）的效果時，再來應該是和竊狼戰鬥時。

兩次都是參考耶露庫庫的戰法。

自己當成參考的頭目居然就這麼現身，實在很巧。

「操縱竊狼算是你的失策吧？畢竟牠被我和爸爸打倒之後，成了克勞賽爾領的財富嘛。」

「……我讓那個村子周邊的魔物更有活力是事實，不過那隻魔物出現在那裡是偶然。」

不過，把有價值的魔物放出去也挺有意思的——耶露庫庫語帶嘲諷。

（嗯，要是他知道有竊狼在，大概會拿去換錢……不過，這就難怪當時小野豬看起來和平常不太一樣。）

在連出生之前，耶露庫庫也有像這樣放魔物襲擊村子。他會用自己的力量操縱魔物，或者讓凶暴化的D級魔物去影響其他魔物。

（然後，為什麼這傢伙會當基文子爵的手下……）

連在思考這些的同時，以劍指向爬過來的噬魔怪。

『嘰——嘎！』

和方才不同，噬魔怪大概是在提防鐵魔劍，所以選擇保持距離。儘管只是吼叫的同時揮舞前肢，但牠畢竟是相當於D級的魔物，不能掉以輕心。

「算了，沒差！不需要手下留情！燒死他！」

剩下一隻再度張口，噴出烈焰。

但是，沒有方才那麼威猛。

可能是消耗太大吧，這次連有餘力騎馬躲開。

「嗚……你在搞什麼！」

焦躁的耶露庫庫用力揮手。

看見他手臂上的圖案，連嘀咕了句「原來如此」。

「你和基文子爵談了筆生意！」

「……！」

「你想要知道誰能解開封印對吧？畢竟要解開刻在那兩隻手臂上的精靈封印，絕對不是簡單的事！」

聽他講得這麼肯定，耶露庫庫瞪大了眼睛。

「你為什麼連這些都知道！」

「天曉得！不過，我還知道別的喔！像是你為了尋找解開封印的方法，在這塊大陸上到處旅行！還因此成為冒險者！」

耶露庫庫雙臂的圖案不是刺青，而是很強的封印。

這種封印會奪取魔力，讓他的能力大幅下降。

如果沒有法杖輔助就難以同時運用兩種技能，也是因為這樣。

（即使如此，該做的事也不會改變。）

連一邊應戰，一邊重新握好鐵魔劍。

「……呼……啊……呼……」

莉希亞的聲音聽起來很痛苦。

非得盡快結束戰鬥不可。

連平舉鐵魔劍，驅馬奔向大岩石。

他閉上眼睛，深吸一口氣——連揮數劍。大岩石瞬間被砍碎，站在岩頂的耶露庫庫失去平衡。

「你這小鬼！該死的神聖魔法！」

崩塌的大岩石化為石塊，耶露庫庫摔了下來。

馬也快到極限了。

連拉住韁繩，要馬兒最後再加把勁，然後衝向撒落的大量石塊。

他揮舞鐵魔劍劈開擋路的石塊，終於——

「這一劍了結你！」

連以手中鐵魔劍擺出刺擊架勢，對準耶露庫庫的咽喉一劍刺出。

耶露庫庫大概也消耗不少，沒像方才那樣使用自然魔法。

「嗚……保護我！」

他向方才噴火那隻翼膜完好的噬魔怪下令。

於是，噬魔怪出現在連和耶露庫庫之間，為主人擋下致命的一擊。

『嘰——！』

插入兩人之間的噬魔怪遭到鐵魔劍貫穿，捨命代替主人。

然而，牠也不是純粹送死。

臨死前撞飛了連騎的馬。

坐在馬上的莉希亞，被順勢拋到半空中。

「這傢伙……！一定要趕上啊……！」

同樣被拋離馬身的連，在半空中抱住莉希亞。

兩人就這樣落向地面。

幸好，遍地的魔物屍體成了緩衝墊，所以兩人沒承受多少衝擊。

不遠處的馬也在打量自己的腳，但沒受到什麼重大傷害。

可能因為有魔物血統吧，牠的身體似乎十分強壯。

「嗚……莉希亞小姐！妳沒事吧？」

「……」

她還有呼吸，但失去了意識。

（神聖魔法也跟著消失……應該到極限了吧。）

連心裡有些不安。

雖然已經放倒一隻噬魔怪，但如果耶露庫庫還有餘力召喚新的噬魔怪，那該怎麼辦——

戰況的變化令他十分焦急。

然而，他很快就看見了一線曙光。

耶露庫庫跪在倒地的噬魔怪旁邊。

「刺中了……嗎？」

彼此有段距離所以看不清楚，不過對方肩頭被刺中的傷口深可見骨。

噬魔怪沒能完全擋下連使出渾身解數的鐵魔劍刺擊。

「哼……呵呵……」

耶露庫庫肩膀流出大量鮮血，臉上卻還在笑。

「哼哈哈、哈哈……哈哈哈哈！好多血啊！這些都是從我身上流出來的血？」

聽到這夾帶著慘叫的聲音，旁邊倒在地上的噬魔怪靠向耶露庫庫。

牠明白主人即將死去，轉向連作勢威嚇。

然而更重要的是，耶露庫庫的模樣太過詭異。

看見眼睛充血的他笑個不停，連不禁起了雞皮疙瘩。

「殺得不夠。原本想解開手臂上侵蝕入骨的封印，再把這些年來忍耐的份都殺回來……唉，這下子不就再也沒辦法殺人了嗎？」

「沒錯。我剛剛說過吧……你已經完了。」

儘管嘴上這麼講，但連的身體也差不多到極限了。

之所以沒靠近有噬魔怪保護的耶露庫庫，也是因為這樣。

「已經完了……再也不能殺人了……？」

耶露庫庫輕聲嘀咕之後，突然又開口：

「——不，還能殺不是嗎？」

他看著連、看著已經失去意識的莉希亞，露出下流的笑容。

「究竟是為什麼呢？看見人臨死的表情，就會有種難以言喻的快感。比和異性交歡共攀顛峰還要愉悅的快感啊。」

「那又怎麼樣？」

「哼、哼哼……沒什麼特別的意義……只是把我愛殺人的理由告訴你罷了。」

耶露庫庫接著又開了口。

說出令人難以置信的自殺話語。

他的語氣無比平靜。

「噬魔怪啊，把我的雙手吃掉。」

聽到這個讓人懷疑耳朵的命令，精疲力竭的連當場愣住。

起先對主人指示感到困惑的噬魔怪，在二度催促後選擇服從主人，張開了嘴。

撕咬血肉、咀嚼骨頭的聲音，在丘陵迴盪。

耶露庫庫的右臂轉眼間就被吞噬殆盡。他接著把左臂伸向那張嘴，於是噬魔怪又咬下了這條手臂。

「啊哈哈哈哈！好痛啊！痛到讓人絕望啊啊啊！哈哈！我的手臂！被吃掉啦！跟著我無能為力的痛楚一起被吃掉啦！」

……不可思議。

耶露庫庫已經憔悴不堪，逐漸失去血色。

可是，噬魔怪的身軀卻愈來愈大。

（怎麼回事？到底發生了什麼事？）

不過，沒多久。

耶露庫庫那憔悴卻瘋狂到了極點的臉，露出了無所畏懼的笑容。

同時，噬魔怪的身軀不再成長。

「啊……果然啊……！該死的封印……！」

精靈施加的封印，已經深入耶露庫庫雙臂的骨頭。
然而，就算失去了兩條手臂，封印仍舊沒有解開。
不，正確說來已經解開了一部分，但好像終究只是一部分。
連原本以為耶露庫庫的企圖將失敗收場……

「都到最後了──沒什麼東西捨不得！」

耶露庫庫腳邊冒出一段樹根。
樹根伸向耶露庫庫胸口，咚──只用了短短一瞬間就刺穿他的胸膛。
耶露庫庫只剩等死一途。
從他的胸口，傳出某種東西破裂的聲音。
（做出那種事……）
看來他是強行破壞自己的身體想解開封印，不過死亡應該會先一步到來。
這麼一來，噬魔怪也會跟著消失，連將贏得勝利。
「嗚──啊啊啊啊啊啊啊啊啊啊！」
然而，放聲咆哮的耶露庫庫，胸口隱約泛起綠光。
「嗚、呵呵……！那麼貴的回復藥……居然只有這點程度……！嘻嘻……好痛……好痛啊……！」

看來耶露庫庫是用樹根代替雙手，把回復藥直接灑進體內。那瓶藥好像很貴，不過看起來只能稍稍延命。

……真的是臨死前賭命。

他的時間應該也所剩無幾了吧。

現在不過是為了殺連和莉希亞，硬擠出些許時間。

耶露庫庫只為了做這件事，便承受可能讓精神崩潰的劇痛，落入連無法想像的瘋狂之中。

『呼……哈……！』

巨大化的噬魔怪，最後終於吃起另一隻噬魔怪的屍體。

這回牠不再停止成長，變得足足有先前的十來倍那麼大。牠的身軀厚實粗壯，全身肌肉糾結，表面還看得見脈動的血管。前後肢各多出一隻，翅膀也增加一對。嘴巴露出的利牙，比連騎的馬還要大。

——簡直像是龍。

就像連在七英雄傳說裡見過的龍，強大無比的龍。

『吁……咻嚕嚕嚕……』

噬魔怪凶悍地瞪著連，嘴裡噴出帶有烈火的吐息。

牠離開主人身邊向連靠近，姿勢宛如弓起背部的貓。

「趁我……還活著……的時候……！」

耶露庫庫口中，發出沙啞卻充滿喜悅的聲音。
胸膛被自己製造的樹根貫穿、身體由樹根支撐的他，散發出強烈的負面感情。
「給我……殺……！」
消失了。
不知不覺間，噬魔怪已經從連的視野中徹底消失。
下一秒，某種東西隨著強風從連的側面接近。
「——！」
將注意力轉向「某種東西」的連，挺身擋在莉希亞前面。
同時，他身上骨頭奏出「嘰！嘰！」的刺耳聲響，整個人往後飛了出去，在丘陵上挖出一個洞。
就在他遭受從未體驗過的痛楚摧殘時，黑影比風還要快的追擊已經到來。
『吁——！』
月光照映下，能看見許多根利牙。
儘管在千鈞一髮之際躲過了這些牙齒，粗壯的前肢卻狠狠打中了連的側腹。
（居然做出那種事對抗封印……！）
連不清楚精靈的封印究竟是什麼。
但是這道深入骨頭的封印，就算犧牲了雙臂也解不開，所以耶露庫庫才要貫穿自己的胸口，藉由捨棄性命解開它——連是這麼想的。

不過，為了爭取些許時間，他必須動用高價回復藥維繫生命。

因此，耶露庫庫應該已經有如風前殘燭。

『咻嚕嚕嚕————！』

動作比夜風更快的噬魔怪向連逼近。

（嗚……我知道的耶露庫庫沒這麼強啊……！）

連所知道的耶露庫庫，終究只是遭到封印的狀態。

畢竟，遊戲時代的耶露庫庫沒像這樣蠻幹。

戰鬥結束後，他正想做些什麼時就被學院長解決掉了。

目前的強度雖然只能撐到性命燃燒殆盡，但要殺掉連和莉希亞已經綽綽有餘。

（現在的噬魔怪是B級……不，說不定還要更強……）

連在思索的同時舉起鐵魔劍，卻再度被噬魔怪的強壯前肢頂出去。

那股不可能抵擋的力道，隔著鐵魔劍帶來強烈衝擊。

「嘎啊————！」

連又一次摔倒在地。

將地面撞出一個坑的連，落回方才護住莉希亞的位置。

多虧有連保護，她暫時還沒成為噬魔怪的目標。然而躺在此處的她，此刻依然痛苦地喘息。

「莉希……亞……小姐……」

連爬向莉希亞。

至少要保住她的性命。

受到這個念頭驅使的連，想盡辦法要起身。

「給我……站啊……！」

但是，他站不起來。

連番消耗，加上封印解除後的噬魔怪攻擊，他的身體已經到了極限。

如果能再爭取到一點時間，或許耶露庫庫會先死。

不過，就連爭取這「一點時間」都難如登天。

「哈、哈哈……你們……完啦……！」

耶露庫庫以沙啞的聲音宣告勝利。

身形龐大的噬魔怪高高跳起，在空中對準連和莉希亞張開血盆大口。

已經束手無策了嗎？

不死心的連，絞盡最後一分力氣想要站起來，就在這時——

「……謝謝。」

從身旁的莉希亞口中，傳來微弱的話音。

連張嘴試著回應，卻沒辦法如願出聲。

痛楚太過強烈，讓他無法像平常一樣說話。

就在連掙扎時，身體卻突然不再疼痛。
他覺得非常不可思議，仔細一看才發現白光帷幕罩住兩人。
「莉希亞……小姐……？」
聽到連擠出聲音，莉希亞堅強地露出笑容，對他點點頭。
「謝謝你……一直、一直……保護……任性的我。」
她臉上依然掛著微笑。
身體狀況根本還沒恢復的她滿頭大汗，臉色有些蒼白。
可是，很美。
在這個瞬間，她依舊是那麼勇敢、堅定。
「所以——嘍。」
她絞盡僅存的力氣伸出手，疊在連的手上。
然後，給了他一股溫暖的力量。
強行擠出理論上已經一點也不剩的力量，為連施展神聖魔法。
「……給你。聖女啊，也做得到這種事喔。」
最後，她又補了一句：
「……至少，你要平安無事。」
裝出很有精神的樣子說完後，少女再度失去意識。
白色帷幕，開始出現裂縫。

「…………」

莉希亞想必是要連趁現在逃走。

但是，連沒有移步。

即使知道大概很快就會沒命、即使怕得雙腳發抖。

他依舊沒離開莉希亞身旁。

「……為什麼會變成這樣呢？」

連不由得自嘲。

自己明明想要避開莉希亞、想要避開和七英雄傳說一樣的未來……故事卻莫名其妙發展成自己所不知道的樣子。

而自己居然想要賭上性命保護她。

實在太詭異，害得他不禁想笑。

「抱歉，莉希亞小姐。」

傷痕累累的連站起身。

和方才不同，這次他很快就起來了。

「我沒打算拋下妳逃走。」

真正可怕的不是噬魔怪。

在這時候屈服而選擇丟下莉希亞逃走，要來得可怕多了。

想到這裡，他不可思議地覺得輕鬆了些。

自己是什麼時候變得這麼熱血的？

連鼓起勇氣，說道：

「都到了這一步，怎麼能輸啊！」

手握鐵魔劍的連，看起來遍體鱗傷，一點也靠不住，然而他盯著白光帷幕外噬魔怪的眼神卻利如刀刃。

罩住兩人的帷幕，就在連擺好戰鬥架勢的那一刻粉碎飛散。

『吁——！』

先前把連當成玩具耍弄的力量結晶……

耶露庫庫拿出真本事而變得無比強大的噬魔怪，揮下牠強壯的前肢。

在牠的下方，連的手裹著神聖魔法的閃光——握緊鐵魔劍往上一揮。

「怎麼能……」

他的劍，頂住了噬魔怪的力量。

這股不僅能搖撼大地，甚至足以讓連腳下地面沉沒的力量，被護住莉希亞的連硬是扛下來。

「死在這種地方啊——！」

『——！』

然後，頂了回去。

靠著莉希亞賦予的最後一絲力量，連使出了原本不應該有的力氣，把噬魔怪的前肢、身軀，整個頂飛。

可是，代價實在太大。

連一雙手臂用盡力氣，彷彿肌肉完全發揮不了作用似的垂下。

支撐身體的雙腳也軟弱無力，跪倒在地。

「給我……動啊……！不然你是為了什麼努力到現在……！」

無論再怎麼呼喚，身體都不肯聽話。

不僅如此，連終於倒了下去，戴著手環的那隻手落在莉希亞胸前。

（可……惡……）

情況這麼危急，眼皮卻好沉重。

遠方耶露庫庫的大笑也聽不清楚了。

真的已經無能為力了嗎？

不。能爭取一秒是一秒。

連用自己的身體擋住莉希亞，就算只能多爭取零點一秒也好。他祈禱耶露庫庫能死在兩人之前。

（……抱……歉……）

自己只能做到這種程度，讓他懊悔地流下眼淚——

就在這時——

從莉希亞的胸口……以及貼著莉希亞身軀的手環，發出與神聖魔法極為相似的光亮。

耀眼的白光讓連大吃一驚。

（這是……？）

他看向手環。

早已見慣的魔劍一覽，**出現了從未見過的魔劍名稱**。

‧？？？？（等級1：1／1）

為什麼這種時候會有新魔劍？還有，為什麼滿滿的問號？

儘管滿腦子都是疑問，但連沒有追究。

（……什麼都行。）

雖然未免想得太美，但如果這就是能救莉希亞的力量……

考慮到這種可能性的連心想，只要能救莉希亞，什麼魔劍都行。於是他向那把連名字都不知道的魔劍下令。

來吧。什麼都行。

只要能戰鬥，怎樣的力量都無所謂——

『嘎啊——————！』

噬魔怪的咆哮響徹天地。
能感受到牠方才攻擊被頂回去的怒火。
「這下子殺到了……我……最後的快樂……！」
耶露庫庫愉悅的聲音四野迴盪。
他已經沒辦法再做什麼了。

「為了保護她，什麼力量都無所謂……！」

突然，耀眼的閃光與黃金的雷光裹住連和莉希亞。
本能告訴連，這是因為不知名魔劍已經成功召喚。
但是光亮太過耀眼，連看不見那把應該已經召喚出來的魔劍。
他只知道，有道疑似那把魔劍的影子浮在半空中。

連伸出手，握住影子。
於是，閃光與雷光裹上白風，化為突破天際的光芒。

——耶露庫庫瞪大眼睛，啞口無言。
——巨大噬魔怪在光芒前怕得發抖。

倒在周圍的魔物屍體，全都變為光粒子。

牠從本來該咬碎連和莉希亞的大嘴開始化為光粒子，最後整個身軀都被突破天際的的光芒吞沒，隨著強風升天。

巨大噬魔怪也不例外。

「哼……呵呵……這種事……怎麼可——」

瀕臨死亡的耶露庫庫也同樣被光吞沒，在一無所知的情況下從世上消失。

光芒逐漸變細，在消散之前滲入連和莉希亞的體內。

不可思議的光，治療了兩人的身體。

「……至少要保住……莉希亞小……姐——」

究竟怎麼贏的、那把魔劍又是什麼？

回過神時，那把魔劍已經消失無蹤，但是連對此沒產生任何疑問。

因為他心裡只想著莉希亞。

最後，就在失去意識的瞬間。

連確認到莉希亞還在呼吸，這才露出笑容。

於是他——閉上了眼睛。

◇◇◇◇

隔天早晨。

克勞賽爾男爵沒爭取到更多時間，即將被移送帝都。他將經由鄰近城鎮抵達其他領地，再搭乘魔導船前往帝都。

此刻他正要離開克勞賽爾，連拜斯也不能帶在身邊。

克勞賽爾男爵的騎士，從審判那時起就被基文子爵施加了許多限制。

這麼做既是為了避免他們妨礙基文子爵，也是阻止他們去尋找連和莉希亞。

市民們都緊張地看著。

一馬當先的基文子爵見狀笑了出來，待在他身旁的騎士說道：

「子爵，時候就要到了呢。」

說出這句話的，正是那個在森林與連交戰時說要趕往克勞賽爾的騎士。

聽到他的聲音，基文子爵點點頭，露出輕鬆的笑容。

「接下來，只要就這樣把克勞賽爾男爵移送帝都就行了。之後住在帝都的諸位英雄派成員會搞定。」

「可是子爵，我還有一件事想問。」

對於騎士的疑問，基文子爵回答：「什麼事？」

「留下莉希亞．克勞賽爾一命的理由我明白。拿那個少女當人質威脅克勞賽爾男爵我也能理解。只要最後讓那個聖女嫁進英雄派，想來就能整合進派閥。」

不過，連的部分他還是不了解。

基文子爵先前曾明確地說過，連才是重點，然而騎士到現在依舊不明白理由。

聽到屬下這麼說，基文子爵輕笑一聲。

「這件事已經有一段時間。以前，我偶然發現了某項情報。」

「情報……是嗎？」

「正是——那是個偶然。真的是出於意外而發現的關連性。而且我明白，除了我之外沒有任何人注意到這件事。」

「那、那是怎樣的關連性啊？」

基文子爵看著急於追問的騎士，顯得十分愉悅。

「遲早你也會曉得。到時候我已經在英雄派裡揚名，發言權將會比那些煩人的上級貴族更高。」

「這……」

「所以在那之前，知道真相的有我一個就夠了。現在的問題是，森林那邊讓我有點擔心。」

在丘陵前那片森林裡發生的事，身旁的騎士已經向基文子爵報告過了。

當然，他聽完之後立刻嚴加斥責騎士。不過因為要以抓住連和莉希亞為優先，所以除了斥責之外，並未給予什麼像樣的處罰。

「這邊結束之後，你們立刻趕往丘陵。」

「是。差不多該抓住他們了吧。」

「如果沒抓住會很麻煩。你們和耶露庫庫可別再丟臉了。」

「……非常抱歉。」

「與其道歉不如好好幹活。要不然會被怎麼處置，應該不用我告訴你吧？」

對於主君的警告，騎士一句話都沒辦法回，只能靜靜點頭。

「還有，別忘記昨晚的光。如果那道光是聖女之力，表示耶露庫庫他們可能碰上了什麼狀況。」

「是。昨晚我已經派出騎士前往調查。」

「那就好。好不容易才搶在皇族派前面，絕對不許失敗。」

理所當然地，這種狀況要是讓某些皇族派知道，他們必定會插手。

現在之所以沒遭到阻礙，不過是因為基文子爵和英雄派上級貴族們合作，花了許多年安排計畫，才能成功避開皇族派的目光。

因此，絕對不容許失敗。

即使如此，基文子爵依然感到不安。

他看見敞開的門外，有一匹馬背著從地平線彼方照來的陽光緩緩靠近。

「那是耶露庫庫的馬……可是……」

逆光使他瞇起眼睛確認，但是騎在馬上的不像耶露庫庫。

該不會——基文子爵想到昨晚看見的光。

「——派出去調查的騎士怎麼樣了？」

他詢問騎士。

「不、不知道！他們還沒回來……！」

「……沒用的東西，要你們這些騎士有什麼用？」

一匹馬疾馳如風，從一臉焦躁的基文子爵身旁掠過。

「——大小姐！」

騎在馬上的是拜斯。

即使基文子爵的騎士們制止，拜斯也沒停下動作，逕自靠向耶露庫庫那匹馬。

「嗚……子、子爵！請允許我們阻止他！」

「別亂來。誰也贏不了拜斯（那個男人）。先觀察他們的反應。」

背後還傳來克勞賽爾男爵的聲音。

但是，不能放他自由。基文子爵命令騎士緊緊包圍克勞賽爾男爵。

此時，拜斯已經來到耶露庫庫那匹馬的前面。

「大小姐！屬下罪該萬死！我會用自己的命償——少、少年？」

拜斯一開口就是謝罪，但他很快就發現連靠在莉希亞背上。

對於他的驚訝，莉希亞只是平靜地回答：
「……無妨。全都是我要你做的。」
「可是——！」
「有話之後再說……連現在，我不想白費他的努力。」
莉希亞堅持要自己把他帶回屋裡。
仔細看就會發現，莉希亞也無比憔悴。但是，拜斯沒在莉希亞面前多說。
莉希亞騎馬從拜斯身邊通過，對基文子爵開口：
「——你就是基文子爵對吧。」
莉希亞的聲音，在場所有人都聽得一清二楚。
她的眼裡，有個拜斯從未見過的勇敢與堅強。
「很高興能見到聖女，不過注意妳的用詞。我可是子爵——」
「抱歉，我的禮儀不是用來對待罪人的。」
「——喔？」
聽到這句話，基文子爵露出傲慢的笑容。
「妳這話倒是很有趣。」
基文子爵騎著馬前進。
莉希亞勒馬停步並讓拜斯退後，等待基文子爵。
「但是，不要搞錯。罪人是令尊。」

「……看清楚。看見這個，你還能嘴硬嗎？」
莉希亞拿出耶露庫庫用過的魔道具，逼問基文子爵。
基文子爵看見後，有那麼一瞬間皺起了眉頭。
「那是什麼？」
然後裝出平靜的模樣問道。
「這個魔道具，來自你雇用的精靈。只要把它拿去調查，應該就能查出他和你的關係。」
「哈哈……哈哈哈哈！我還以為妳要說什麼呢！身為聖女居然講這種笑話！」
「我和連——連的村子，就是被你雇用的精靈襲擊。」
「所以說，為什麼會扯到我啊？難不成，妳想拿區區一個魔道具當證據？」
「我剛剛說『查了就會知道』，對吧？」
憔悴不堪的莉希亞，腦袋沒有平常那麼靈光。
即使重複同樣的話，基文子爵也不會動搖。
她明明知道，身體卻疲憊得沒辦法把想講的話說清楚。
「……而且，我們在附近的森林被你的騎士攻擊。」
「我的騎士？那是別人偽裝的吧？」
沒有證據。
莉希亞能在森林裡挑釁騎士讓他們醜態畢露，卻不足以動搖基文子爵。
這個男人果然準備周全。

在旁邊聽的拜斯火冒三丈，隨時準備拔劍。

他能忍下來簡直是奇蹟。

「我認得他的長相。你身旁的騎士，當時對我和連拔劍相向。」

「嗯……真的嗎？」

「沒、沒有。我遵照子爵的命令，在森林外指揮……」

「就是這樣。看來聖女小姐是被人騙了。」

「這……就難說了。為了調查此事，留在我們這裡聊一聊不是比較好嗎？」

「很遺憾，沒必要。」

基文子爵打算不顧一切，依計行事。

實際上，他的立場能這麼做，也到了這個階段。

看見他騎馬向前，拜斯提出異議。

「基文子爵！我身為克勞賽爾家騎士團的負責人，認為必須對大小姐這番話仔細斟酌！我提議大家回城確認此事！」

即使如此——

「不需要。如果你們堅持，那就在帝都安排一場新審判。」

只要到了帝都，就會有讓克勞賽爾家無法表達意見的大貴族出席。

就算莉希亞自力歸來當不了人質，也只需要換別的方式威脅就好。

這麼一來，克勞賽爾家就等於敗北。

所以克勞賽爾男爵也在爭取時間，等待轉機。

基文子爵的馬繼續前進。

來到莉希亞他們身旁──就在要擦身而過的瞬間。

「…………把你的手，亮給大家看。」

細小、微弱的聲音。

理應還在昏睡的連開了口。

「連！」

「少年！」

莉希亞和拜斯驚叫出聲，但是連沒有回應他們，而是緩緩從莉希亞背後抬起頭並伸出了手。

和莉希亞一樣非常憔悴的連，眼睛虛弱無神。

儘管如此，基文子爵與身旁的騎士依舊被他的眼神壓倒。

「把你的手……亮給大家看……！」

「你、你在對誰說話啊？」

「當然是……你的騎士……！」

莉希亞察覺連的用意。

在緊要關頭有失冷靜的自己實在不夠成熟，這讓莉希亞感覺很丟臉。她小聲向連說了句「對不起」之後，代替連開口。

看見她的反應而放下心頭大石的連，很快就失去了意識。
「……把你的手背亮出來。你的手上……應該有我和連造成的傷。」
照理說不該出現決定性的證據。
但是，在這一瞬間有了。
「子、子爵……」
基文子爵啞口無言。
對方本來不可能拿自己有辦法的。
為什麼會變成這樣？
「讓大家看看吧。」
拜斯說著便靠近基文子爵的騎士。
「不，我這是在工作時……」
「我再說一次。讓大家看看。」
「不是！我的手——！」
「趁我還沒拔劍，快點亮出來。」
「咿、咿……」
基文子爵的騎士認命地脫下護手。手上纏的繃帶，也在拜斯的壓力下拿掉了。
「喔……和大小姐與少年說的一樣，確實有傷嘛。」
「所、所以說那是工作時受的傷！」

「有這個可能，不過繃帶上有血，傷口也是新的，總不會全是巧合吧？更何況這白色的灼傷，看起來是神聖魔法造成的。」

以巧合來說未免太多了。

在場的人大為動搖。

包括聚集在門附近的民眾，以及雙方的騎士。

「看來你身上的回復藥不夠好呢。不過你知道嗎？神聖魔法造成的傷，就算用上高價回復藥，傷痕也會保留一段時間。」

這也就表示，已經沒有辯解餘地。

不過，基文子爵依舊是那麼傲慢，而且口若懸河。

「哈哈哈哈！很好！那麼，為了證明我屬下的清白，就安排一場新的審判吧！無論如何，到帝都揭開一切的真相就行了！最初的審判已經結束，克勞賽爾男爵還是要移送！」

基文子爵得意洋洋地說完，移送一行再度開始移動。

「……我到底……該怎麼辦才好……」

莉希亞流下淚來。

這就是她厭惡的貴族之力。親眼見到「爵位高就可以」這種不講理的事，讓她淚如雨下。連的努力彷彿全都被否定，讓她萬分心痛。

——然而，就在此時。

「了不起。還有，兩位的表現，實在太令人感動了。」

門旁傳出掌聲。

宛如看完一齣戲後響起的掌聲，與這個場面格格不入。

「值得讚賞的勇氣、令人肅然起敬的高潔。親眼目睹一個無比美麗的故事……這就是我此刻的心情寫照。」

有個老成的聲音傳入一行人耳裡。

就在眾人疑惑時，出聲的人從門後現身，走到基文子爵和莉希亞之間。

「多虧了兩位，我才得以插嘴。所以，就讓我幫點小忙，替兩位創造的奇蹟收個尾吧。」

神祕客身穿燕尾服，是一名看似管家的老紳士。

「什麼人？」

基文子爵以帶有敵意的聲音質問。

然而，老紳士並未回答基文子爵，而是看向莉希亞。

「聖女大人，這裡請交給我。」

「您是……」

「敝人名叫**艾德加**。請放心，我對兩位的讚賞發自心底，只是在最後稍微提供一點協助罷了。」

「協助……是指……？」

「我想幫點小忙，為兩位創造的故事劃下句點。絕對不會踐踏兩位的奇蹟。」

老紳士露出優雅的微笑，然後轉向基文子爵。

「基文子爵，初次見面。我受主人之命，前來克勞賽爾。」

「既然如此，怎不先報上你主人的名號！」

「這可真是抱歉——我的主人呢……」

名叫艾德加的男人此時背對莉希亞。所以，莉希亞沒看見他從懷裡掏出什麼。

他拿出一把鑲有珠寶且刻上某個紋章的短刀。

「——！」

「喔？看來不用我說出那個名字，您就已經明白了。」

「不、不要胡言亂語！你那是偽造的吧！」

「偽造貴族的紋章相當於死罪。這種事，貴為子爵應該不會不知道。」

在艾德加背後，莉希亞傻傻地看著這一切。

方才搬出那麼多證據都不為所動，依舊用貴族權力硬來的基文子爵，不知為何突然變得很慌張，甚至滿頭大汗。

「那麼，帝國法院的各位。」

自稱艾德加的老紳士，毫不在意基文子爵的動搖，轉頭喊住帝國法院的文官。

「吾主吩咐過，倘若這次審判有值得商榷之處，我可以自由採取行動，也可以借用吾主的名義發言。」
「原、原來如此……還有，您手邊那紋章代表的……」
「是的。擁有這個紋章的貴族只有一位。基於吾主所言，本人認為本次審判疑點過多，提議於克勞賽爾重審。」
「但、但是！」
帝國法院文官大概和英雄派有所勾結，沒有乖乖答應。
但是艾德加接下來所說的話，讓他不得不死心。
「克勞賽爾家與名為連．艾希頓的少年對吾主有大恩。為此，吾主特地吩咐，倘若事情發展成現在這樣，就要幫他們到最後。」
究竟發生了什麼事，莉希亞和拜斯完全搞不懂。
不過，剛剛這幾句話讓文官死了心，基文子爵也面無血色。
艾德加走到基文子爵身旁，用只有他聽得到的音量悄聲說道：
「為什麼吾主會採取行動，似乎讓您非常疑惑呢。」
他雖然笑得像個和藹的老爺爺，語氣卻十分冷淡。
「那兩位創造的奇蹟，讓吾主能夠毫無顧忌地提供協助。」
「你……這點程度怎麼可能讓他……！」
「不錯。除此之外，還要加上連．艾希頓救了某位貴人的性命……對了，這麼說來。」
艾德加從子爵身旁走過。

「剛才，您說過——————搶在前面，是嗎？」

並在丟下這句話之後，踏進克勞賽爾。

尾聲

連醒來時，最先感受到的是光線刺眼。
然後是柔軟床鋪的觸感，流竄全身的些許痛楚令他板起了臉。
「多睡一點。傷還沒好吧？」
他看向聲音來處，發現一名男性站在窗邊。
連從未見過此人，但能從那優雅的站姿猜出對方是誰。
「男爵大人？」
克勞賽爾男爵回以微笑，坐到床邊的椅子上。
「我是雷札德．克勞賽爾。叫我雷札德吧——我啊，真不曉得該向你道幾次謝才好呢。」
「豈敢。不過……這裡……」
「我家的客房。你已經在那張床上躺了一個月嘍。」
「一、一個月嗎？」
「不錯。從你和莉希亞抵達這個城市那天算起，已經過了一個月。」
醒來之後，連有很多問題急著想問。

其中莉希亞的事更在腦袋裡揮之不去。

大概是看出這點了吧，雷札德笑著說道：

「我女兒沒事，多虧有你。」

「……太好了。」

「瞧，她就在你腳邊睡覺對吧？」

連以不至於弄痛自己的動作轉過頭去，看見莉希亞就在床尾。

她坐在圓椅子上，趴在床上睡著了。

她沐浴在窗外照進來的陽光之中，氣色遠比逃亡之旅時來得好，秀髮也恢復了那令人聯想到絲綢的光澤。

「每天。莉希亞每天都來看顧你喔。」

「……實在是非常抱歉。」

「不，不需要道歉。一來是莉希亞自願的，二來我也認為該回報你的恩情。」

接下來，雷札德對連說了不少事。

連的家人已經來到克勞賽爾、雖然有許多村民受傷但沒人死亡。連的村子正在復興當中，而且有克勞賽爾家的全面支持。

「全都是拜你所賜。我之所以能夠得到某位大貴族的協助，也是因為你討伐了竊狼。」

「呃……這是什麼意思啊？」

「我想你應該也聽說過，竊狼素材是很貴重的藥材。」

（咦？可是……）

被耶露庫庫帶走沒多久，連就作了一個無法確定是否為七英雄傳說正史，但看起來像是不同時間軸的夢。

回想起來，在夢裡竊狼也有人討伐掉了。

就在他思考兩邊究竟差在哪裡時——

「竊狼有好幾種臟器能當藥材，但是製藥時一種都不能少。因此，利用竊狼素材製作的藥很貴重……你討伐的竊狼，內臟是沒受到半點傷害的完美狀態。」

雷札德在讚賞連的同時，也回答了連的疑問。

在那場夢裡，騎士們在成功討伐竊狼的同時也損失慘重。

即使有羅伊犧牲在前，那一戰依舊對他們造成很大的負擔。連則不一樣，是從內側貫穿竊狼的頭部。

正因為如此，才能用來製藥。

「話說回來，為什麼會多虧那個藥啊？」

「日前提供協助那人的主君，想弄到那種藥是為了家人。所以，我將素材賣給那位大人。說來實在不好意思，除了貨款之外，我還得到對方的承諾——如果出事，會有條件地提供協助。」

「……這也就是說，對方是地位很高的大貴族對吧。」

「是啊。碰上**侯爵**，基文子爵根本束手無策。」

（居然找到這種大貴族幫忙啊？）

「啊，那位侯爵還有樣東西要交給你……說得更精確一點，是那位侯爵的管家送來的。」

雷札德說著，便從懷裡掏出一張撲克牌大小的黑紙。

他把東西放到床頭的小桌子上。

看見黑紙表面的紋章，連內心暗想。

（好像見過這個紋章……）

但是想不起來。

這個華麗到誇張的紋章，令他有些疑惑。

「記得他是叫艾德加吧。照他的說法，侯爵請你去他的宅邸一敘，這好像是用來代替邀請函的。」

「邀請我——邀請在下嗎？」

「嗯。侯爵似乎想見你一面……那位侯爵是皇族派的貴族，所以我不怎麼鼓勵你前往。然而對方是侯爵，實際上等於無法拒絕。」

「怎麼想都不是那種會接見鄉下騎士之子的人……」

「但是，不能置之不理。畢竟用你討伐那隻竊狼所做的藥，**好像救了侯爵千金的性命**。」

務必見個面。想道謝。大概是這樣吧？連能夠理解。

然後，方才提到的侯爵，會對日前的審判說「視情況提供全面協助」的理由，好像也能明白了。

（之所以繞這麼大一圈，可能是因為派閥不同。）
想來需要個能拿上檯面的藉口吧。
要有讓皇族派能夠對英雄派出手的決定性理由。
雖說救了侯爵的家人，但是侯爵不便出面力挺不是皇族派的貴族，這點倒也不難想像。
再加上克勞賽爾男爵是中立派，彼此都會綁手綁腳。
（我和莉希亞小姐得到的種種情報，扛起了這個角色。）
不過即使沒有這些檯面上的藉口，侯爵也打算私下協助克勞賽爾家。
此外，艾德加還留下一句話。『可以肯定，兩位的活躍帶來了更好的結果』。
「……您似乎和侯爵交流過好幾次，彼此領地距離很近嗎？」
「不，相當遠。只不過這次的交易對象是侯爵，所以才能順利完成。」
那位堪稱遙不可及的侯爵，用上了包含魔導船在內的種種手段進行交易。
聽完這些，連「原來如此」地吐了口氣。
「啊，還有你不必在意用詞。對於自己和女兒的恩人，我不會因為這點小事就不高興的。你自己覺得方便就好。」
剛剛連換了個自稱詞，雷札德則是告訴他不用這麼拘謹。
「最後是基文子爵……他死了。」
連驚訝地瞪大眼睛。
「重審就安排在你們回來那天，我託你和莉希亞的福獲判無罪。相對地，基文子爵則被懷疑犯下多起罪行，原本要到他的領地舉行最初的審判……但是他在當天晚上用藏起來的毒藥自盡了。」

「……真的是自殺嗎？」

「想來是他上面的貴族施壓吧。要不然就是已經認命，覺得與其被逮捕還不如自我了斷。」

簡直就像蜥蜴斷尾求生。

這種時候也看得見貴族的黑暗面，讓人感覺很不舒服。

「除此之外，他的宅邸還被人放火。許多理論上能從那裡找到的資料，都被這把火燒成了灰燼……原本想調查這次事件的動機，但是剩下的情報來源只有他麾下騎士的證詞。」

連在這個時候提出疑問，他想知道基文子爵為什麼要對艾希頓家下手。

按照基文子爵麾下騎士的說法，艾希頓家對於基文子爵來說是很重要的存在，但只有這些什麼都查不出來。

儘管設想了好幾種可能，卻還是沒有明白的答案。

而且連清醒還沒有多久，無法好好思考。

「不過，多虧侯爵伸出援手，短期內應該沒人會對克勞賽爾出手。皇族派當然不用說，英雄派也會有侯爵幫忙施壓。」

不過，接下來我還是得努力運作才行。

雷札德這麼說完，便離開床邊。

「好啦，剛醒來就講這麼久也不好。我差不多該走了，如果你肚子餓我就請人送餐進來。如何？」

「不、不好意思……那就恭敬不如從命……」

「哈哈，不用那麼惶恐。就我來說呢，比較希望你能把這裡當成自己家一樣放輕鬆。至少留在這裡，讓我們照顧到你傷癒為止啊。」

雷札德離開後，連才「呼」地鬆了口氣。

「……沒想到會以這種形式來到克勞賽爾家的宅邸啊。」

不久前還艱苦地逃亡，更之前則是破舊的自家。

這間屋子與以往所待的地方不同，十分氣派，而且不會漏風。

反過來說，連有點怕自己習慣這種環境。

「算了，以後再說吧。」

既然不得不受人家關照，也只能認了。

想到這裡，痛楚未消的連撐起上半身。畢竟躺著也很無聊，他決定在不至於勉強自己的範圍內觀察房間。看見腳邊莉希亞平穩的睡臉，令人安心。

接著他把手伸向床邊的小桌，拿起那張黑紙。

「嗯……」

這紋章果然很眼熟。

「是在七英雄傳說的哪裡……應該是一代……」

就在連嘀咕時，莉希亞緩緩睜開眼睛。

「……連？」

眨了好幾下眼的莉希亞撐起身子，爬到床上。她就這麼爬到連的面前，臉的距離近到彷彿能數清對方的睫毛。

不明所以的連正想開口，卻看見淚珠從莉希亞眼中滾落。

「……我都說了要你逃。」

與耶露庫庫那一戰的最後，她擠出最後的力氣要連離開。

「對不起。我實在不想拋下莉希亞小姐自己逃跑。」

「……你是傻子嗎？我給你添那麼多麻煩，你卻為我拚命，簡直莫名其妙。」

「沒什麼大不了的。我向來說話算話。」

「我就是在說你的說話算話很傻啦，傻子。」

儘管不該對救命恩人說這種話，她卻克制不住自己。

最後，莉希亞考慮到連應該還會痛，靜靜地把臉埋進他的胸口。

她的肩膀開始顫抖。

「對不起。全部、全部……都要怪我。」

「只是運氣不好而已。而且，我們救了彼此，這不就夠了嗎？」

連看著在自己胸前哭泣的莉希亞，把手放到她背上，溫柔地安撫她。

於是，她整個人倚了上去，甚至把心也交給了連。

——也不知過了幾分鐘。

哭完的莉希亞抬起頭，坐到連身旁緊緊貼著。

以早熟的她來說相當罕見，這種可愛的模樣很符合她的年紀。

「莉希亞小姐已經沒事了嗎？」

「……嗯。」

「那我就放心了。那場戰鬥讓妳看起來很憔悴，我真的很擔……心……」

說到這裡，連回想起耶露庫庫那一戰的最後。

（最後那股力量到底是什麼？我記得，莉希亞小姐的胸口……）

當時連的手偶然落在那裡，結果手環發出光芒。

這種反應，簡直就像在吸收魔石一樣。

「怎麼啦～？突然盯著我看。」

自己失禮的目光被發現，讓連一臉尷尬。

「抱歉，沒什麼。」

「是嗎？話又說回來，你剛剛的視線很熱情耶……我怎麼樣了嗎？」

「沒什麼大不了的，我只是在想『莉希亞小姐會不會體內有魔石啊～』」

這句話應該會讓人笑出來，或是讓莉希亞傻眼。

對於連來說，只要能轉換話題，哪一種都可以……

「……呃……欸？」

卻得到了出乎意料的反應。
「你、你你你你、你怎麼會知道啊？」
莉希亞抱住自己的上半身，做出了**與年齡不相稱**的誘人動作。
她滿臉通紅，看著連的眼睛裡滿是羞怯，還帶有若干戒心。
「……咦？」
「『咦』什麼！為什麼你會知道我體內有魔石啊！父、父親大人告訴你的嗎！」
「不，我也搞不清楚。」
「就、就是說嘛……父親大人不可能連聖女的身體是怎麼回事都告訴你！」
「也就是說，真的有？」
「真是的！所以就說有了嘛！」
想必就在胸部的正中央。
位於她所遮住的上半身中心。
「告訴我！你聽誰說的！」
「……抱歉。我本來只是隨口開個玩笑而已。」

他這麼一說，莉希亞立刻表示理解。
「原來是這樣……唉，白白被嚇一跳。」
「看樣子這是個很重要的祕密，但是這麼簡單就坦白好嗎？」
「沒關係，反正我也不覺得連你會說出去。」
這句話聽起來像是完全信任連。
不過，前些日子的逃亡之旅，莉希亞確實直到最後都相信連。
畢竟曾經託付過性命，說起來也是理所當然。
「我都不知道。原來聖女體內會有魔石啊。」
「不是。生而為聖女的人裡，只有力量夠強大的體內才會有魔石。不過，這是祕密喔？知情者只有聖女的家人，還有神殿的高階神官。」
當成祕密的理由很單純，為了保護聖女。
魔石這種東西，本來是只存在於魔物體內的物質。
要是聖女體內也有，會有人將聖女視為邪惡存在也不足為奇。理由似乎在此。
（這也就是說，那把連名字都不知道的魔劍……）
是從莉希亞的魔石取得力量後才顯現的。
這麼想應該很合理。
不過，魔石應該在體內，為什麼能夠吸取它的力量呢？還有，為什麼魔劍的名稱是「？」呢？那種強度也很不可思議。雖然有許多未解的謎，不過要先確定一個事實。

「我發誓，絕對不會說出去。」
看見連答應得堅定又乾脆，莉希亞滿意地點點頭。
然後，她從床上起身。
「我去一趟倉庫。畢竟是我害你弄丟了手環和短劍，所以我去找找有沒有適合你的！」
這麼一說，連才發現自己沒戴手環。短劍已經在耶露庫庫那一戰借給莉希亞，看來是戰後不曉得去哪裡了。
不過手環純粹是莉希亞誤會。那東西不可能不見。
「請別放在心上，兩樣東西我都會自己去買。」
「不行～剛才也說過，是我害你弄丟的。」
話雖如此，不過還是需要替魔劍召喚的手環做點偽裝。
「手環就不用了。其實我家裡還有一樣的，改天我會請父母拿過來。」
雖然都是假的，不過告訴莉希亞那是竊狼的收藏品之後，她儘管覺得有些不可思議，終究還是點了點頭。
「……那麼，可以至少收下短劍嗎？」
「好的，我很期待。」
聽到連的回答，莉希亞展露笑容，打起精神往倉庫走去。
在她離開前，連沒忘記要問某件事。

「莉希亞小姐！請順便告訴我一件事！」
「嗯？什麼事～？」
「畫在這張紙上的紋章！我想不起它代表的家名……！」
聽到連的疑問，莉希亞露出有些困擾的笑容。
對方是上級貴族，而且是皇族派。對於牽扯進派閥鬥爭的莉希亞來說，儘管受到對方幫助，心裡似乎還是有個疙瘩在。
「那個啊……」
她嘆了口氣後回答。

「是皇族派引以為傲的大貴族——伊格納特侯爵家的紋章。」

說完後，莉希亞表示「我還會再來」，便走出房間。
相對地，連則是當場愣住。
他一再重複「伊格納特」這個家名。
「對喔……是伊格納特……！」
豈止有印象。
伊格納特侯爵，就是七英雄傳說一代最後的敵人。最終頭目。
「嗚、嗚喔喔喔喔……怎麼會這樣……」

現在不是叫痛的時候。他只覺得頭大。

——伊格納特侯爵。

他用雷厲風行的手段獨力扛起帝國引以為傲的海運，以其智謀轟動諸國。

還曾經暫時負責過軍事相關職務，可說是文武雙全的大人物。

他因為某件事決定造反，站到企圖讓魔王復活的那一邊。

之後更花了數年時間準備，想讓整個雷歐梅爾帝國崩潰。

主角團隊在日前所見那座巴德爾山脈碰上的敵人裡，就有這位侯爵。

（印象中他會暗殺礙事的貴族，不分派閥。就連很有可能成為下一任皇帝的那位天才——**第三皇子**，也死於暗殺。）

想起來的愈多，就愈讓人不想和他扯上關係。

不過，也有些能讓連安心的要素。

那就是伊格納特侯爵造反的原因。

伊格納特侯爵臨死之前，說出了他這麼做的理由……

「……因為沒能救回女兒啊。」

臥病在床的侯爵千金，需要特定的藥物。

這種藥需要好幾種貴重材料，其中少了竊狼素材。

伊格納特侯爵怎麼找都找不到，據說皇族為了以防萬一有存貨。

但是，皇帝拒絕提供。
畢竟素材是為了皇族有個萬一時所準備的，照理說皇帝的判斷沒錯。
但是侯爵千金因此喪命，導致伊格納特侯爵對皇帝懷恨在心。
這件事成為導火線，伊格納特侯爵把靈魂賣給了企圖使魔王復活的那些人。
（沒記錯的話，就算第二輪去公會也看不到相關任務。）
不少玩家都有過「說不定能挽救侯爵千金」的念頭。
但是，侯爵千金早在主角群年紀還小的時候就已去世，遊戲中根本沒安排拯救她的事件。
……這位千金小姐還活著。救命恩人正是連。
「就算我是救命恩人……也實在不想和他們扯上關係啊……」
沒想到會被貴族看上。
連有種難以言喻的心情，一頭倒回床上。
他就像突然想起來似的把手環召喚出來看，但是那把只寫著「？」的魔劍早已消失無蹤。

◇◇◇◇

一個多星期之後，羅伊和米蕾優來到克勞賽爾。和連重逢的兩人流著眼淚緊緊抱住他，沉浸在重逢的喜悅之中。
兩人在雷札德的宅邸待了數天。

連也因此得以詢問村裡的狀況。
首先，就像雷札德先前說的，沒有任何村民犧牲。
話雖如此，依舊有數名騎士喪命，所以沒辦法毫無芥蒂地感到高興。
此外，還有好幾間屋子遭到小野豬等魔物破壞，所以不少村民像艾希頓家這樣無家可歸。
不過，在克勞賽爾家的全面協助下，復興十分順利。
羅伊和米蕾優這些日子似乎也都致力於復興工作。
所以他們表示必須盡快回村。
復興期間要是沒人領導村子，恐怕會出問題。
這點連也明白，但還是會覺得寂寞。
「聽好嘍？我們帶了些沒被燒掉的東西過來，如果還缺什麼就寫信說一聲。」
「謝謝。不過，裡面還有我的東西嗎？」
「不少啊。像是你房間就有些東西沒事，我們挑了幾樣完好的。啊，那顆漂亮的寶石也在喔！」
羅伊說的東西，應該是瑟拉奇亞的蒼珠吧。
連不禁想嘲笑自己居然忘了這件事，但沒有把這種情緒表現出來。
「順便還幫你買了幾件換洗的衣服喔。全都放在那邊的木箱裡，身體好點之後就打開來看看吧。」
羅伊說的木箱，放在連所躺的床旁邊。

「好啦，那麼——米蕾優。」

「嗯。雖然捨不得，但我們得走了。」

團聚時間終究到了結束的時候。

今天是兩人的回村日，要是拖太久會延誤行程。

（已經要回去啦……）

連感到依依不捨和寂寞，消沉的臉上擠出無力的笑容。

雙親見狀，摸了摸兒子的頭。

「突、突然做什麼啦！」

「唉呀呀，害羞了。」

「哈哈，都當英雄了，別露出那種表情——還有，不用擔心。很快就能再見面啦。」

雙親雖然表現得很堅強，卻還是看得出他們很難過。

「……爸爸、媽媽。路這麼遙遠還特地過來，真的很謝謝你們。等到身體康復之後，我也會立刻趕回去！」

連這麼說完，雙親無奈地笑了。

「機會難得，你就留在克勞賽爾觀光一番之後再回來。」

「嗯。連，你已經很努力了，不用那麼急喔。」

兩人最後又抱了一下連，然後帶著淚光離開男爵宅邸。

連硬是從床上起身，走到窗邊目送兩人離去。直到看不見他們所騎的馬，敗給疼痛和疲倦的他才躺回床上。

為了逃避湧上心頭的寂寞，他把手伸向羅伊拿來的木箱。

打開箱蓋，裡面就和方才的說明一樣，裝著連的日用品。

（……真奇怪。明明沒過多久。）

以前在家裡天天看的東西，此刻讓人有種奇妙的懷念感。

寂寞稍微舒緩了點的連，就這樣在木箱裡翻找。

「——啊。」

然後，他發現那樣東西也在箱裡。瑟拉奇亞的蒼珠。

連一用雙手捧起蒼珠，裡面搖晃的藍色霧氣就變得更濃。他有一種力量被奪走的感覺，從碰觸球體表面的雙手為起點往外擴散。

「……咦？它在吸我的魔力……」

瑟拉奇亞的蒼珠內部霧氣詭異地晃動，令人聯想到閃電的藍光到處流竄。

仔細一想，設定裡寫著獻上龐大魔力和偉大之龍的角能促進它孵化。

因此，一接觸就會被吸取魔力也不足為奇。

連瞬間冒出冷汗，但他突然「嗯？」了一聲。

咚、咚……穩定的脈動，透過連的手掌傳來。這個反應，簡直像在對連撒嬌。

『理論上，牠誕生後對主人絕對忠誠。』

連回想起這段說明，無奈地嘆了口氣。

「拜託，別惹麻煩啦。」

他對瑟拉奇亞的蒼珠這麼說完，蒼珠又動了一下，彷彿在回應他。

『可以進去嗎？』

莉希亞的聲音隨著敲門聲響起。

連把瑟拉奇亞的蒼珠放回木箱，隨即應了句「請進」。

於是莉希亞打開房門，來到連身旁。

「和爸媽好好聊過了嗎？」

「有……啊，這段時間真的非常感謝你們。聽說男爵大人還為他們安排了馬匹和護衛……」

「別在意。畢竟你們對我和父親大人有難以回報的恩情。」

莉希亞自己，也有親自向連的父母道歉與致謝。

兩人當然趕緊制止她，但是莉希亞堅持這麼做，讓他們很為難。

不過，想來她實在沒辦法不這麼做。

因為整個克勞賽爾家都等於是連救下來的。

「話說回來，今天身體狀況如何？」

「應該好很多了。」

「……那就好。」

兩人一時之間沉默不語。

莉希亞背對著連坐到床上，秀髮隨風飄揚。

（那把魔劍……）

自從聽到莉希亞體內有魔石之後，連不時會思考這件事。

那把魔劍十分強大。強過頭了。

或許是因為如此，**遊戲裡**的連．艾希頓透過某種方法知曉魔石存在後，才會為了取得魔劍而殺害莉希亞吸收魔石。

要不然，就是有什麼**不得已**的理由。

就在思考這些時，連突然想起某個場景。

那是七英雄傳說遊戲裡的其中一段。

『什麼——連！你在做什麼！』

地點在帝國軍官學院引以為傲的大禮堂，畫面上主角震驚地看著講台。

主角趕到時，連．艾希頓站在講台上，抱著胸前流血的莉希亞．克勞賽爾。

她全身沒有半分力氣，顯然已經死亡。

『看就知道了吧？我剛剛殺了她。』

連．艾希頓的冷淡聲音，傳進主角耳裡。

周遭一片昏暗，看不清他的表情。

（記得在那之後，他抱著遺體離開，就此下落不明。）

仔細一想，連就是為了避開這種未來，才會希望留在生長的村子和平度日。

但是，他對於救了莉希亞沒有半點後悔，更慶幸自己有賭命奮戰。

（我這個人，到底是怎樣啊？）

此刻他腦中的疑問，就是偶爾會在夢裡或回憶裡見到的遊戲時代連・艾希頓，和現在的自己有何差異。

近來這一連串風波，讓他搞不懂自己為什麼會在這裡。

「連？你怎麼突然沒反應了？」

看見連陷入沉思，莉希亞開口問道。

「現在的連啊，總是露出很成熟的表情，讓人好奇你在想什麼。」

她這一問，讓連一時無法回答。

確實，自己想了很多，然而一旦思考起這些疑問的源頭是什麼，就覺得腦袋一團混亂。

「我或許是在想——我到底是什麼人。」

這是對於遊戲時代的連和現在的自己走上不同道路所產生的疑問，也是對於這多舛命運的自問。

「我」和「連」，這是個針對自我的曖昧疑問。

「——你是我的英雄呀。」

聽到連的回答，莉希亞笑了。

不過，這並不是在嘲笑連。少女的溫柔笑容，是在靠近他、擁抱他。

「不是別人。像這樣待在我身邊的你，對我來說就是無可取代的英雄。」

她輕輕捧起連的臉，平靜地說道。

「除此之外，還是個第一次見面就痛打我一頓的壞蛋，也是個會突然溫言軟語的滑頭。」

這幾句話，在連的心裡迴盪。

莉希亞聲音裡充斥的情感，比她以前那封熱情的信還要更多。

深入連心裡的話音，讓他有了這樣的念頭。

（……這樣啊。）

自己就是自己，並不是那個連・艾希頓。

身在此處的自己，終究還是另一個連。

回過神來，自己降生到這個世界已經十年以上。

截至今日，連已經累積了數不清的經驗，吸收這些經驗成長茁壯的，毫無疑問是自己。

他能肯定，自己絕對不是遊戲裡登場的那個連・艾希頓。

此刻身旁的莉希亞應該也是同理。

臉頰所感受到的暖意告訴連，她並非遊戲裡的角色，而是存在於現實中的人。

「……一直保持這個姿勢，實在有點不好意思呢。」

連緩緩揚起嘴角。
莉希亞笑著說「哪有什麼好害羞的」，然後拿開了放到連臉上的雙手。
她嘴上這麼講，自己也臉紅了。
「打起精神了嗎？」
「咦，我剛剛看起來很沒精神嗎？」
「有一點。不過，現在的連看起來和平常一樣，我是不是有發揮點功用呢？」
莉希亞這麼說完，走到窗邊。
她打開窗戶，暖風吹進房間裡，那頭令人聯想到絲綢的秀髮散發誘人花香。
連看著她的背影，心想。
（這個世界的命運……嗎？反正我本來就對那段劇情不爽。）
那些已經改變了。
被出現於此處的異常存在——得到莉希亞承認的連改變。
遇上耶露庫庫這段不在原有故事裡的發展、伊格納特侯爵千金生存，也都是不在原劇本範圍的異常狀況。
換句話說，七英雄傳說一代的最終頭目等於沒了。
同樣在一代登場的中頭目耶露庫庫，也已經不存在。
（只要我存在於這個世界上，就會改變許多人的命運。）
因為不是遊戲裡的角色，連只要做出連的選擇，就會改變一切。相對地，這些正是連之所以成為連的要素。

然而，這也表示連可能要面對新的困難。

不過，他總覺得船到橋頭自然直。

只要相信身在此時此地的自己、說自己是英雄的莉希亞在，感覺一切都會不可思議地順利。

「莉希亞小姐。」

連以清晰的聲音呼喚莉希亞。

「怎麼了嗎？

站在窗前回過頭來的少女，在背光映照下有種神祕美感。她對連露出宛如天使的動人笑容。

「——我是**連·艾希頓**。」

莉希亞瞪大眼睛，側著頭以俏皮的語氣回答。

「嗯，我知道。」

兩人相視而笑。

——轉生成故事黑幕的他，將迎接波瀾壯闊的人生。

一切的開端，想必就是此刻。

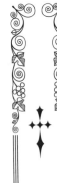

世上最優秀的魔法師

——某天，名門．帝國軍官學院的學院長室。

迎進和煦春風的窗戶旁，站著一名傾城絕色。

那美得甚至有些夢幻的出眾容貌，比房間外的學生們要來得成熟些許。

雪白肌膚。端正如人偶的五官。岡巒起伏的身段有了白襯衫的遮蔽，使得本就無法挑剔的女人味帶了幾分清新脫俗。

任春風吹撫一頭金絲秀髮的她，正在看手邊的報紙。

「關於克勞賽爾領出現的光芒，有人認為是克勞賽爾家引以為傲的聖女所為，然而真相尚未查明。」

「包含天空大陸在內的各地都有人見到閃光，那是勇者之力嗎？」

「派閥鬥爭中出現的光，乃是主神艾爾芬的憤怒。」

她看著幾份報紙的共通話題，露出愉快的笑容。

此時有人敲了門，接著門外響起女性的聲音。

『學院長，不好意思打擾一下。』

訪客被窗邊讀報的女性以那雙翡翠眼眸一望，不禁為她的美麗屏息。

「怎麼了嗎？」

「預定行程出了個問題。」

「咦～怎麼會？我最近的工作都有好好完成耶。」

被稱為學院長的金髮女子離開窗邊。

她走到造訪這個房間的女性身旁，接過對方手裡的文件。

然後將報紙放到附近的沙發上，打量文件內容。

「哇～這是真的？」

「是的，不會有錯。」

「唔、唔……是不是得安排別的地點代替啊……」

「確實如此。不知您有沒有建議？」

學園長左思右想。

就連她抱胸沉吟的模樣，都美得像一幅畫。

數分鐘後，她再度開口。

「我想到一個好地方喔。」

說完，她走向占滿整面牆的書櫃。

一拿出要找的書，附近的書本就跟著崩塌。

「哇哇！抱、抱歉！快來幫忙！」
訪客輕輕嘆了口氣，如她所要求的上前把書放回原處。
「所以，您是在找什麼？」
「地圖啊！看這裡，妳不覺得很適合嗎？」
「……巴德爾山脈嗎？魔物強度只有E級水準所以不成問題，但是那裡曾經因為地下沉眠的魔力流導致魔物活性化喔？」
「就、就算是我也知道要先去勘查啦。」
聽到這句話，造訪學院長室的女性點點頭，開口表示「那就無妨」。
此時，掉在地板上的書也只剩最後一本了。
把它放回書櫃後，造訪的女性輕咳一聲。
「我去找理事會和貴族商量。」
「嗯，謝謝！」
留在房間裡的學院長走向辦公桌。
反正一定會需要自己署名的文件。
想到這裡，她無奈地提筆。
「好，這樣就行了吧。」
筆尖輕快地滑動，在行末寫下名字。

——克蘿諾雅．海蘭德。

同時繼承人類與精靈血統的混血兒。

此外，也是人稱「世上最優秀魔法師」的美玉，這所帝國軍官學院的學院長。

在遊戲七英雄傳說二代裡，她和聖女莉希亞一樣，死於連．艾希頓之手。

克蘿諾雅望向窗外的碧藍天空，輕聲嘀咕。

「……但願這世上還有能為我排解無聊的人。」

後記

幸會，我是作者結城涼。曾在舊作問候過的讀者則是好久不見了。

感謝各位願意閱讀這本《轉生為故事的黑幕》。

這部作品是將網路上連載的原稿修改、加筆之後，才得以送到各位手邊。能讓各位讀得開心，就是敝人最大的喜悅。

第一集，是以一連串對連來說出乎意料的發展掀開序幕。

沒想到會轉生為遊戲角色，遇見不想遇見的聖女莉希亞，更為了保護黏上自己的她賭命奮戰——這一切，都是他波瀾壯闊人生的序章。

不過理所當然地，還有許多新故事在等待連。

與莉希亞體內魔石有關的光魔劍真相。本該起兵造反的伊格納特侯爵，也因為連救了他的千金而結緣。成為遊戲舞台的帝國軍官學院、據說藏有傳說魔物的瑟拉奇亞的蒼珠，都還留著未解。

敝人希望，能在確定執筆第二集之後，讓各位看到這些故事。

此外，連的故事也決定用小說以外的形式呈現在大家面前。

《轉生為故事的黑幕》，已決定在《月刊少年Ace》上連載漫畫。

負責的漫畫家是瀨川はじめ老師。瀨川老師曾連載《食靈》和《東京ＥＳＰ》等動畫化過的作品，是很有實力的人氣作家。聽到由瀨川老師負責時，身為原作的我也滿心雀躍。

至於作品詳情，請到《少年Ace》的首頁或Twitter（現X）確認！

——最後，容我向參與本書的各位致謝。

感謝なかむら老師，用精美的插圖妝點第一集。每當見到您的圖，就讓我不由得讚嘆不已。如果沒有なかむら老師的協助，就無法完成這本第一集。真的很感謝您將連和莉希亞畫得這麼精美！

另外，也承蒙責任編輯諸多關照。改稿時，編輯傳授許多寶貴的技術和知識，實在令人感激不盡。業務自然不在話下，還有參與本書製作的每一位、以及將本書送到各位讀者手中的書店，敝人要在這裡向大家表達誠摯的謝意。

還有，也得再次向各位讀者道謝。真的很感謝各位拿起這本書！敝人發自心底感謝各位願意閱讀連的故事！

但願，還能再次與各位相會。

希望今後也請多多關照《轉生為故事的黑幕》！

砂上的微小幸福

Kadokawa Fantastic Novels

作者：枯野瑛　插畫：みすみ

「邪惡的怪物應該消失。你的願望並沒有錯喔。」
這是某個生命活了五天的故事——

商業間諜江間宗史因任務而與女大生真倉沙希未重逢，卻被捲入破壞行動。祕密研究的未知細胞救了瀕死的沙希未。名喚「阿爾吉儂」的存在寄生於其體內，以傷勢痊癒後歸還身體前的期間為條件，與宗史生活在同一屋簷下……

NT$270/HK$90

紙城境介
插畫／たかやKi
繼母的拖油瓶是我的前女友
只有求婚還不夠
9
Kadokawa
Fantastic Novels

義妹生活
6
三河ごーすと
插畫 Hiten
Days with my Step Sister
presented by
ghost mikawa
Kadokawa Fantastic Novels

身為VTuber的我因為忘記關台而成了傳說 1~5 待續

作者：七斗七　插畫：塩かずのこ

衝擊的VTuber喜劇，
熱鬧慶祝週年的第五集！

淡雪著手籌備接著即將到來的「三期生一週年紀念」活動，然而⋯⋯活力充沛的好孩子小光居然因為努力過頭，把喉嚨操壞了？儘管小光說什麼都不願乖乖休息，但在淡雪將「觀眾的心聲」傳遞過去後，她的心境也逐漸起了變化──

各 **NT$200~220/HK$67~73**

倖存鍊金術師的城市慢活記
06
The survived alchemist with a dream of quiet town life.
book six
[作者]のの原兎太 [插畫]ox
written by Usata Nonohara
illustration by ox
Kadokawa Fantastic Novels

一點都不想相親的我設下高門檻條件，
結果同班同學成了婚約對象!? 1~6 待續

Kadokawa Fantastic Novels

作者：櫻木櫻　插畫：clear

戀愛觀的差異，使由弦和愛理沙之間產生隔閡——
假戲成真的甜蜜戀愛喜劇，獻上第六幕。

某天，愛理沙瞞著由弦，開始在他打工的餐廳工作。由於事發突然，由弦為此困惑不已，試圖詢問愛理沙打工的理由，但她堅持不肯透漏。正當他懷著複雜的心情之際，卻忽然被愛理沙塞了張電影票，趕出家門……

各 **NT$220~250/HK$73~83**

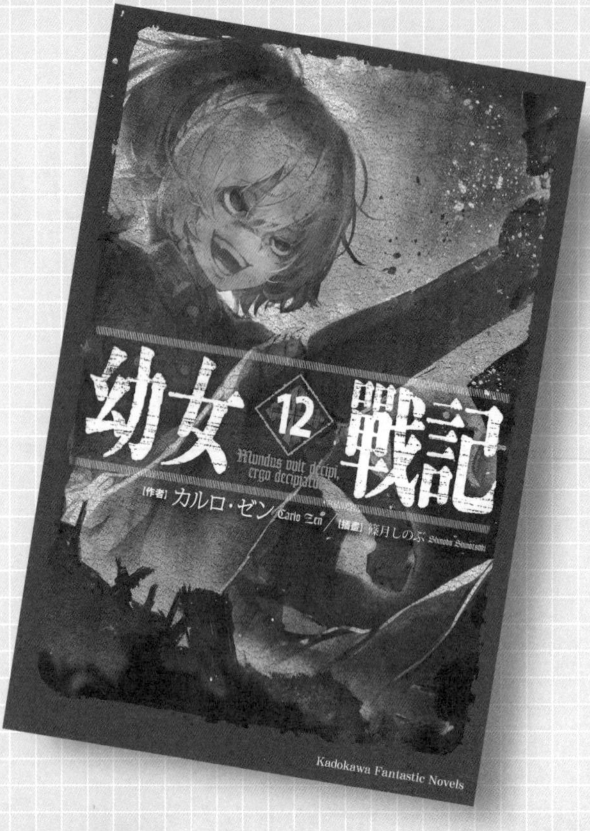

幼女戰記 1~12 待續

Kadokawa Fantastic Novels

作者：カルロ·ゼン　插畫：篠月しのぶ

世界啊，刮目相看吧！膽顫心驚吧！
我——正是萬惡淵藪。

歷經愛國心的潰壞，以及殘酷現實的擁抱，傑圖亞正試圖架構一個成為「世界公敵」的舞台。比起語言、比起理性，單純地帶給世界衝擊。身為連逃奔死亡也做不到的參謀本部負責人，傑圖亞所圖的，是「最好的敗北」……

各 **NT$260~360/HK$78~110**

救了想一躍而下的女高中生會發生什麼事？ 1~4（完）

Kadokawa Fantastic Novels

作者：岸馬きらく　插畫：黒なまこ　角色原案、漫畫：らたん

塑造出結城祐介的過去及一路走來的軌跡終將明朗。
加深兩人愛情與牽絆的第四集——

寒假第一天，兩人接受結城母親的邀請，前往結城老家。神色緊張的小鳥第一次見到了結城性格爽朗的母親，以及與哥哥截然不同，總是閉門不出的弟弟。不僅如此，甚至還出現一個宣稱自己喜歡結城的兒時玩伴……？

各 **NT$200~220/HK$67~73**

轉生後的我成了英雄爸爸和精靈媽媽的女兒 1~8 待續

Kadokawa Fantastic Novels

作者：松浦　插畫：keepout

為了保護重要的人，
必須全力抓住自己期望的未來！

我是覺醒為下一代女神的精靈艾倫。爸爸跟變成魔物風暴核心的艾米爾對峙，結果命在旦夕！而賈迪爾為了保護我，也受到瀕死的重傷！幕後主使是鄰國海格納的國王杜蘭。竟敢對我重要的人們下手，非讓你好好付出代價不可！

各 **NT$200~240/HK$67~80**

國家圖書館出版品預行編目資料

轉生為故事的黑幕：以進化魔劍和遊戲知識傲視群倫/結城涼作；Seeker譯. -- 初版. -- 臺北市：臺灣角川股份有限公司, 2023.10
面；　公分
譯自：物語の黒幕に転生して：進化する魔剣とゲーム知識ですべてをねじ伏せる
ISBN 978-626-378-007-1(第1冊：平裝)

861.57　　112013214

Kadokawa
Fantastic
Novels

轉生為故事的黑幕～以進化魔劍和遊戲知識傲視群倫～ 1

（原著名：物語の黒幕に転生して ～進化する魔剣とゲーム知識ですべてをねじ伏せる～1）

2023年10月18日 初版第1刷發行

作　者：結城涼
插　畫：なかむら
譯　者：Seeker

發行人：岩崎剛人
總編輯：蔡佩芬
編　輯：邱瓈萱
美術設計：宋芳茹
印　務：李明修（主任）、張加恩（主任）、張凱棋

發行所：台灣角川股份有限公司
地　址：104台北市中山區松江路223號3樓
電　話：（02）2515-3000
傳　真：（02）2515-0033
網　址：www.kadokawa.com.tw
劃撥帳戶：台灣角川股份有限公司
劃撥帳號：19487412
法律顧問：有澤法律事務所
製　版：巨茂科技印刷有限公司
ISBN：978-626-378-007-1